U0123848

华
ZHONGHUAHUN
魂

百部爱国故事丛书

辛亥革命急先锋

——资产阶级革命家黄兴

李灿 李萌 编著

吉林人民出版社

图书在版编目（CIP）数据

辛亥革命急先锋：资产阶级革命家黄兴 / 李灿，李
萌编著 . — 长春：吉林人民出版社，2011.3（2021.8 重印）
（中华魂·百部爱国故事丛书）
ISBN 978-7-206-07528-5

Ⅰ . ①辛… Ⅱ . ①李… ②李… Ⅲ . ①故事－中国－
当代 Ⅳ . ① I247.8

中国版本图书馆 CIP 数据核字 (2011) 第 032588 号

辛亥革命急先锋
——资产阶级革命家黄兴

编　　著：李　灿　李　萌
责任编辑：门雄甲　　　　　封面设计：孙浩瀚
制　　作：吉林人民出版社图文设计印务中心
吉林人民出版社出版 发行（长春市人民大街7548号　邮政编码：130022）
印　刷：北京一鑫印务有限责任公司
开　本：787mm×1092mm　　1/16
印　张：10　　　　字　数：64千字
标准书号：ISBN 978-7-206-07528-5
版　次：2011年3月第1版　　印　次：2021年8月第2次印刷
定　价：35.00元

如发现印装质量问题，影响阅读，请与出版社联系调换。

总　序

胡维革

　　《中华魂》是一套故事丛书。它汇集了我国自鸦片战争以来一百七十余年间的96位民族英雄、仁人志士、革命领袖、先进模范人物的生动感人史迹,表现了作为中华民族优秀传统的伟大的爱国主义精神。

　　爱国主义是人们对于"生于斯、长于斯、衣食于斯"的祖国的一种神圣感情,是人们对于自己民族的一种强烈的责任感和使命感,是感召和激励整个中华民族的一面永不褪色的旗帜。在一百多年的中国近现代史上,爱国主义一直激励着中华儿女为祖国的独立、统一、进步和繁荣而英勇奋斗。从"苟利国家生死以,岂因祸福避趋之"的林则徐,到"我自横刀向天笑,去留肝胆两昆仑”的谭嗣同；从“铁肩担道义，妙手著文章”的李大钊，到“红枪白马女政委，碧血染将天地红”的赵一曼；从“县委书记的好榜样”的焦裕禄，到“问鼎长天，扬我国威”的邓稼先……都表现出了强烈的爱国主义精神。正是由于热爱祖国的人们前仆后继地奋斗，国家和民族才得以生存，历经一次次历史危机关头而能转危为安，走向兴盛和富强，从而屹立于世界民族之林。爱国主义是鼓舞中华儿女历经忧患、跨越沧桑、百折不挠、自强不息的伟大力量，它贯穿于中华民族的整个历史，并有力地凝聚着五洲四海的中国人。

爱国主义是一个历史的范畴，在社会发展的不同阶段、不同时期有不同的具体内容。革命时期，需要我们为祖国的独立自主出生入死；建设时期，需要我们为祖国的繁荣富强增砖添瓦。在全国各族人民团结一心建设富强、民主、文明、和谐的社会主义现代化国家的今天，我们要争做一名新时期的爱国者。新时期的爱国者要有强烈的民族自尊心、自豪感。民族自尊心、自豪感是任何时期任何爱国者都必须具备的情感。民族自尊心能增强我们自立向上的恒心，民族自豪感能树立我们建设祖国的信心。要树立"祖国高于一切"的崇高信念，为了祖国和人民的利益不惜抛却个人的利益，甚至不惜牺牲个人的生命。要树立终身学习的理念，拓宽自己的知识面，广泛吸收新知识新技术，完善自身的知识结构，更新学习知识的方法与理念，从思想上、知识上充分武装自己，为祖国的繁荣昌盛贡献力量。

爱国主义思想的继承和发扬，是关系到民族盛衰、国家兴亡的根本问题。一代代人爱国主义思想情操的形成，需要不断地培养。培养爱国主义的一个重要途径是向爱国主义的英雄人物和典范事迹学习。这套丛书的出版，对于人们向英雄和先进人物学习，特别是对于在中小学生中进行爱国主义教育，将可提供一些生动的教材。祝愿此书出版发行成功，为培养"四有"新人作出贡献。

2010 年 11 月 15 日

中华魂
百部爱国故事丛书

编 委 会

策　划：胡维革　　吴铁光
　　　　林　巍　　冯子龙
主　编：胡维革　　邢万生
副主编：贾淑文　　杨九屹
编　委：(按姓氏笔画为序)
　　　　于二辉　　刘士琳
　　　　刘文辉　　孙建军
　　　　李艳萍　　吴兰萍
　　　　谷艳秋　　隋　军

"名不必自我成，功不必自我立，其次亦功成而不居。"

——黄　兴

目　录

反清思想的革命火种

黄兴

1874 年 10 月 25 日，黄兴在长沙市郊的一个地主家庭诞生。他的父亲黄炳昆是长沙府学优贡生，担任过地方的都总。黄兴 5 岁就读《论语》、读《楚辞》、读《春秋》，14、15 岁就文采出众，下笔万言，成了远近闻名的少年才子。父母望子成龙，希望黄兴将来能出人头地，能光宗耀祖。遥想当年，这座院落的青油灯下，父母凝望儿子的深情目光一定充满了万千期待。

黄兴 19 岁了，他打点行装，着灰布长衫，踏进了城南书院的山门，这是1893年春天的事情。这一去，黄兴在不知不觉中完成了文化人格的构建。

城南书院是湖湘文化的发祥地之一，坐落在长沙妙高峰下，与岳麓书院隔江相对，遥遥相望，交相辉映。黄兴走进了城南书院，如同走进了一座宝藏。

黄兴在城南书院埋头苦读的时候，北京城已处在风雨飘摇之中。所谓的"同治中兴"，所谓的"洋务运动"，都成了一江春水，都未能挽救国势衰颓的命运。清王朝垂垂老矣，已是日薄西山、危机四伏、千疮百孔。"数千年未有之变局"带给中国人的，又岂是精神上的刺痛？

1897年（清光绪二十三年）秋天，善化举行县试。黄兴抱着试试的心理走进考场。考中秀才是黄兴意料中的事情。就在全家为他举杯庆祝的时候，他却

黄兴故居

随口吟诵"一第岂能酬我志，此行聊慰白头亲"。就在这天夜里，黄兴为自己制了两方印章："铲除世界一切障碍物之使者"（朱文）和"灭此朝食"（白文）。

黄兴已不把应试获中当做读书的目的。他的一双清澈的眼睛，投向了城南书院外面的世界，投向了华夏大地的北方。那里是宽阔无边的黄海；那里狂风大作、杀声震天；那里波涛汹涌、炮声隆隆……

黄兴坐不住了。一切有血性的中国人都坐不住了。祖国危在旦夕，当权者却在争权夺利。"人生识字忧患始，位卑未敢忘忧国"。黄兴要去救亡图存，要远涉千里，去投身革命。

1900年春暖花开的时候，28岁的黄兴正在湖北的两湖书院学习，湖广总督张之洞选他去日本留学，入东京弘文学院师范科学习。抵达日本后不久，黄兴受到资产阶级民主革命的影响，转向革命，随即和杨笃生等人创办了《游学译编》，并组织"湖南编辑社"，介绍西方的文化科学。此后，黄兴曾10次进出日本，在日本居留长达6、7年。日本的军事和教育，给了黄兴重大影响，日本的东京也成了他策划革命活动的重要基地。

黄兴原名黄轸，号杞园，他在日本改名黄兴，号克强。他在自述中说："我的名号，就是我革命终极的目的，这个终极的目的，就是兴我中华，兴我民族，克服强暴。"

这一时期，帝俄掠华加剧，引发留日学生掀起拒俄运动。黄兴义愤之下组织拒俄义勇队和军国民教育会。此时，黄兴于弘文学院毕业后，回到上海，途经武昌时，黄兴返回母校两湖书院发表演说，武昌府知府兼院长梁鼎芬奉上令将黄兴驱逐出湖北省境。黄兴于是将随身所携带的4000余册《革命军》和《猛回头》分发给军学各界，然后登轮返湘。旋即在长沙明德学堂创办了"东文讲习所"的日语学校，并翻印了邹容的《革命军》、陈天华的《猛回头》、《警世钟》等大量革命人士的书籍。

据邓泽森《黄兴的成长与人文环境》一文考证，黄氏宗族是明朝洪武初年从江西迁往湖南长沙的，至明万历年间，"九世祖黄洽中策试科举，以进士身份官至知府以后，繁盛兴旺，逐渐成为当地大族"。

黄兴的父亲黄炳垱出身长沙府岁贡生，先后在本乡和省城任塾师，日以馆课授徒。黄兴的母亲罗氏出自名门，贤淑知礼。黄兴在二男

黄兴故居陈列的农具

四女中排行第六。黄兴12岁时，生母病逝。继母易自如曾是湖南省民立第一女学的副监督兼舍监，这便可以解释日后黄兴为筹措革命经费，卖掉租屋迁往长沙时，继母态度开明的原因了。

黄兴一家的收入水平在当时的湖南农村算中等偏上。据黄兴长女黄振华回忆，"清光绪二十三年（1897），家中田土租与邻居种植稻米，一季收成约700-800石，折合70 000-80 000斤"。1901年，黄兴一家迁居长沙后，这里被多次转卖改造。

练武场上的革命斗士

1902年（清光绪二十八年）入夏以来，日本东京神采坂武术学会的练武场上，多了一位年轻的常客。每天东方刚泛起鱼肚白时，他就在那里练习骑马了。不久，练习射击

革命将领黄兴（油画）

的枪声，又代替了先前的马蹄声。经过几个月的练习，他的一些伙伴已称他为"神枪手"了。按照神乐坂武术学会的规定，凡是射击连中靶心6次的，可得一枚银质奖章。他很快就获得了这一奖章。这位青年是谁呢？为什么他对骑马和射击这么感兴趣呢？

这青年名叫黄轸，就是后来和孙中山齐名的民国元勋黄兴。当时，他是东京弘文学院师范专科的留学生，于1874年（清同治十三年）生于湖南省善化（今

长沙），时年28岁。练武是为了推翻清政府，让中国像法国、美国一样，建立民主共和国的体制。

黄轸的远祖是位抗清志士，曾经立下遗训，要黄家子孙永远不做清朝的官。在祖辈这种民族主义的影响下，青少年时期的黄兴就曾对同学们说："我们求学，是为了使自己成为有用人才，日后为汉人扬眉吐气！"

黄轸虽然讨厌清朝贵族的统治，但也希望清朝能富强起来，抵御外国的侵略。戊戌变法失败后，在武汉两湖学院学习的他，对曾赞助过维新变法的光绪皇帝有过好感和幻想。但是究竟怎样才能使中国不再受列强欺侮呢？

《游学译编》

遊學譯編

——辛亥革命急先锋
资产阶级革命家黄兴

xin hai ge ming ji xian feng

他对这个问题苦苦思索，几年找不到答案。1902年，他东渡日本，寻求救国救民的真理。

到了日本以后，黄轸发现弘文学院的中国留学生分成两派：一派赞成保皇改良；一派主张革命共和。每天晚上，双方都要展开激烈的辩论。经过多次争论，黄轸清醒地认识到，只有推翻腐朽的清朝专制统治，实现民主共和制，才能使中华民族自立富强。

黄轸是个不尚空谈的人，一旦确定了自己的信仰，所有的话动和精力都以此为中心。他和杨笃生等人创办了《游学译编》，介绍法国，美国建立民主共和制的情况，并让大家知道，民主、自由和人权虽然可贵，但要流血牺牲才能获得。他十分重视军事技能的学习，认为这是今后革命的基本手段，因此除了练习骑马、射击外，还经常请日本军官讲授军事战略，并参观土兵的操练，这样，他很快成为湖南留学生和军校的中国学生的领袖。

陈天华

1903年4月，日本一家报纸披露了沙俄企图霸占中国东北的野心。中国留学生愤慨万分，但又不知如何为国出力。黄轸私下和陈天华等人商量，决定组织抗俄团体。

4月29日，抗俄义勇队正式成立。从第二天清晨起，大家秘密到大树林里去练习射击，由懂得军事知识的黄轸当教官，为归国抗俄作准备。

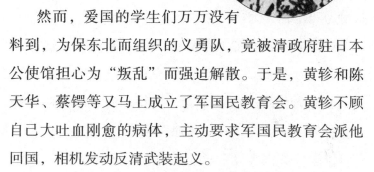

蔡锷

然而，爱国的学生们万万没有料到，为保东北而组织的义勇队，竟被清政府驻日本公使馆担心为"叛乱"而强迫解散。于是，黄轸和陈天华、蔡锷等又马上成立了军国民教育会。黄轸不顾自己大吐血刚愈的病体，主动要求军国民教育会派他回国，相机发动反清武装起义。

1903年5月底，黄轸从东京启程回国。他期望自己能为使民族振兴、祖国富强的大业贡献一切，所以为自己起了个新名字：黄兴，字克强。

黄兴的母校听说这位当年的高材生学成归国，就邀请他到学校讲演。他觉得这是宣传革命的好机会，便在讲演中尽力揭露清廷的腐败，提出中国必须改革政体、国体，才能国富民强。一些顽固派分子当场和

辛亥革命急先锋 xin hai ge ming ji xian feng
——资产阶级革命家黄兴

他争论起来，黄兴毫不退让，和他们整整辩论了一天，使广大师生大为叹服，有些人为此而抛弃了改良的立场。

这件事引起了湖北的官方和顽固学究们的恐慌。他们立即下令驱逐黄兴，以保地方"安宁"。黄兴不理这一套，故意拖延时间，又在军界和学界中活动了8天，发出《革命军》等宣传品40多部后，才从容离开武昌。

这年夏天，他回到长沙主持明德学堂新成立的速成师范班工作，兼任历史、体操等课目教员。

明德学堂的教师大都思想激进，但也有个别的人非常保守。为此，新旧两派的交锋十分激烈。黄兴知道，在这种情况下宣传革命，要特别谨慎。他在公开场合从来不谈政治，只在暗地里宣传革命。

一次，黄兴在动物课上给学生讲鱼纲科目，故意用盆端来一条活鲤鱼。他从讲鱼类的构造和基本特征，引出"鲤鱼跳龙门"的成语，最后对学生们说："鲤鱼是不可能成龙的。只是中国历

1904年明德学堂毕业证

史上有人想通过造反当皇帝，所以才有鲤鱼跳龙门的传说。然而，中国换了不少皇帝，百姓们并没有得到什么好处。法国革命党人比别人聪明，他们在革命成功后将政体改为民主共和制，再也不要皇帝了。这样，百姓们才有了平等和自由。"

黄兴在历史课上告诉学生，孟子说的"民为贵，社稷次之，君为轻"，是民权思想的反映。经过不少皇帝的专制，这种民权思想已经被阉割得面目全非了。

在地理、语文课上，黄兴又从介绍祖国大好河山，讲到列强对中国的瓜分，引出了"汉家烟尘在东北，故国不堪回首月明中"，"江山如何千村寥落"等古诗。这就使学生们在学知识的过程中，激起了对现状、对民族安危担忧的爱国热情。在他的努力下，明德学堂不少学生渐渐地接受了民主革命的思想，后来参加了华兴会，成为革命党人。

创建华兴会

华兴会是清朝末年黄兴所领导的一个革命组织，目的是推翻清朝政权，建立民主与自由的国家。1904年2月15日华兴会成立，1905年7月30日与兴中会合并为同盟会。

1903年，黄兴以"运动员"的身份从日本回到清政府统治之下的中国，在暗中筹划革命。他先在上海认识了《苏报》主编章士钊等新派人士，随后受先前留学日本东京弘文学院的长沙明德学堂校长胡元倓的邀请，经武昌回到长沙。黄兴在明德学堂的时候，创办了"东文讲习所"的日语学校，并翻印了大量革命人士的书籍，如邹容的《革命军》、陈天华的《猛回头》、《警世钟》等。这些活动起到了非常重要的联系和宣传作用，为以后华兴会的成立打下了基础。

随着活动的发展和影响，黄兴受到一些保守人士的控告。明德学堂的董事龙璋等人为其担保解围。他决心全心投入革命，并辞去明德学堂教员的职务以不让学堂受到牵连。为了筹集资金，他把自己在长沙老家的祖屋及农田一同变卖，换得大笔金额。其生活在祖屋的继母毫无怨言并支持黄兴的事业，与亲戚一同搬出。

陈天华与《警世钟》

华兴会部分成员：前排左起第一人黄兴，第三人胡瑛，第四人宋教仁，第五人柳扬谷，后排左一章士钊，左四刘揆一。

邹容和他的《革命军》

1903年11月4日，黄兴借庆祝三十寿辰（虚岁）为由，邀请章士钊、彭渊恂、刘揆一、柳大任叔侄、宋教仁、周震霖、徐佛苏、胡瑛、翁巩、秦毓鎏、张继等12人在长沙坡子街附近的保甲局巷彭渊恂家集会，商议筹设革命团体等事项。会上决定以"兴办矿业"为名，对外声称成立"华兴公司"，入会者均称入股，"股票"即会员证，并以"同心扑满、当面算清"为口号，隐含"扑灭

宋教仁

满清"之意，从事推翻清
政府封建统治的活动，革
命团体华兴会由此组织
起来。

刘揆一

　　1904 年 2 月 25 日，在
长沙明德学堂董龙璋的西
国寓所正式召开华兴会成
立大会，到会的有 100 多人。会议推黄兴为会长，宋
教仁、刘揆一、秦毓鎏为副会长。华兴会根据黄兴的
提议，确定了"雄踞一省，与各省纷起"的战略方
针，即由湖南首先发难，然后再扩及各省响应。同
时，华兴会提出了革命口号"驱逐鞑虏，复兴中华"，
确定了从联络会党入手，进行革命活动（遗憾的是，

民主革命先烈刘揆一在这里就学

华兴会没有留下政治纲领性的文件）的方针。在华兴会外，另立同仇会，专门联络会党。华兴会先后有500多人加入，大部分是回国留学生和国内各学堂的知识分子。华兴会会员又分别在湖南、上海、东京等地创办了同仇会、黄汉会、爱国协会、新华会、十人会等组织，成为当时中国内部各省最有影响力的反清组织。

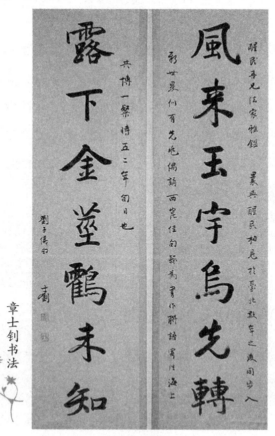

章士钊书法

策划长沙起义

　　1904年初春，黄兴头戴斗笠，身穿短衣，和刘揆一冒雪夜行30里，到湘潭茶园铺矿山一个岩洞中，与当时湖南著名哥老会首领马福益会晤——哥老会又称洪江会，是当时湖南最大的一个会党，首领马福益重义轻财，常与官兵为难，不坑害百姓。黄兴非常赞赏马福益的为人，特地派华兴会会员刘道一和马福益取得联系——共商长沙起义大计，并决定在1904年（清光绪三十年）农历十月初十日慈禧寿辰时发动，以安放在湖南省城官员贺寿之处的炸弹引发为起义信号。

　　华兴会公推黄兴为主帅，刘揆一、马福益为正副总指挥。同时计划：省城以武备学堂学生联络新旧各军为主，哥老会众为辅；城外则分五路响应，并指定谢寿祺、郭义庭组织浏阳、醴陵义军；申兰

哥老会首领马福益

辛亥革命急先锋 xin hai ge ming ji xian feng
——资产阶级革命家黄兴

哥老会成员

生、黄人哲组织衡州义军；游得胜、胡友堂组织常德义军；萧桂生、王玉堂组织岳州军队；邓彰楚、谭菊生组织宝庆军队，等候华兴会派遣指挥与监军，共同向长沙进攻。总之，组织各省革命力量，策应华兴会长沙起义，将革命推向全国。

计划确定后，接下来的难题是，购买枪械弹药的经费等如何解决。为此，黄兴变卖了长沙的祖屋、田产多处筹集革命资金，并在长沙小吴门正街创办东文讲习所作为活动据点。刘揆一等其他华兴会会员也以变卖、借贷等方式凑了一笔革命费用。

长沙起义联络发动的面相当广，单是湖南一带，会党参加起义的人数就有好几万人。由于没有严格保密，走露了风声，引起了清政府的警觉。9月25日，浏阳普集市沿例开牛马交易大会，赶集者数万人。黄兴派刘揆一、陈天华等赶到普集市，与马福益等秘密会见，议定大批军械运到后，即提前举义。不料此时发生意外情况。

号称"土皇帝"的王先谦一直窥伺着新学界的动向，华兴公司成立后即引起他的注意。一个华兴会员在无意中走漏消息，被王先谦的门徒刘佐揖侦知，王先谦急向巡抚陆元鼎告密，要求逮捕黄兴、刘揆一等。陆元鼎因有人劝阻，没有立即捕人，命巡防营严加侦缉。官厅的侦探结识了会党的五路巡查何少卿、郭鹤卿，在伪装之后，赚得实情，于醴陵车站将二人捕送省会。个别会党成员被捕后，受不住严刑拷打，供出起义计划，并说出了这次长沙起义的总领导人是黄兴。

清廷根据情报，派出密探，获得了起义的秘密，马上下令抓人。10月24

黄兴祖屋

辛亥革命急先锋 xin hai ge ming ji xian feng

——资产阶级革命家黄兴

黄兴戎装头像

日，清廷下令缉捕黄兴、刘揆一等人，并出动清兵搜查华兴会机关。差役赶到黄兴家门口时，黄兴正坐轿外出。差役见他就问："你是黄兴吗？"黄兴一看势头不对，马上镇静地回答："我是来会黄兴的，他家里人说他到明德学堂去了，我要到那里去找他。"于是，差役跟他到明德学堂。黄兴下轿后，假称进去找人，要差役们在门

1911年10月22日，革命党人在长沙起义。（图为起义军在长沙城头缴获的大炮）

口等候。他进去后马上从侧边小门溜出，躲到一个朋友家去。等差役们发现上当时，已经抓不到他了。

在这几天里，华兴会的一些秘密机关被破获，储藏的武器中有相当一部分被查抄。黄兴此时正在侍郎龙湛霖家中议事，龙湛霖的儿子绂瑞慨然藏宾，并亲往长沙中学堂将华兴公司的文件取出销毁。刘揆一等人纷纷走避，会党首领游德胜、萧贵生被捕。游德胜、萧贵生在严刑之下招供出内情，官方搜捕更加紧急。黄兴转移到吉祥巷圣公会，由基督教圣公会教士黄吉亭等人加以掩护，然后化装潜出长沙，经往上海，最后避难于日本。刘揆一等人也潜往上海，马福益则转移至广西，次年再返回湘西洪江隐匿，并暗中和黄兴联系，准备在洪江再次组织发动起义。1905年（清光绪三十一年）春，马福益不幸在萍乡车站被清兵逮捕，农历三月初八日在长沙就义。

黄兴领导长沙起义时的戎装像

虽然华兴会的首次武装起义以失败告终，但是黄兴及时销毁了参加起义的秘密名册，又尽力转告安庆、九江、上海等地机关暂停活动，因此各地机关受到的损失并不太大。

不屈不挠的斗争

一个多月以后，黄兴化装成海关人员，搭船到了上海。临行时他和朋友们约定，到上海后发一个"兴"字电报回长沙，就代表一切平安。从此，黄兴的名字就传扬开了。

黄兴虽然逃出了湖南，但上海对他也并不安全。因为清政府已将他的照片印发各地要求捕获正法，再加上他仍在进行起义的准备工作，被捕的风险很大。但黄兴不怕这些。几个月后，由于缉捕他的风声越来越紧，他只得避走日本。

1905年7月下旬，黄兴在日本会见了孙中山。他非常欣赏孙中山联合兴中会、华兴会、光复会等革命团体的主张，两人决定派人分头邀请各省革命团体的留学生，建立同盟会筹备会。

8月20日，中国资产阶级第一个全国规模的统一政党——中国同盟会正式建立。"驱除鞑虏，恢复中华，创立民国，平均地权"十六字是该党的纲领。孙中山和黄兴分别被选为总理和执行部庶务（相当于协理），黄兴成为同盟会内仅次于孙中山的领袖。

同盟会成立以后，黄兴承担了组织、宣传方面的

辛亥革命急先锋 xin hai ge ming ji xian feng

资产阶级革命家黄兴

不少重要工作，但主要精力仍然集中在武装起义的准
备工作方面。他发现同盟会没有自己的武装力量，发
动起义必然只能依靠会党。但会党不仅缺乏军事训

练，而且组织涣散，纪律松懈，容易泄密。长沙起义失败就是一个很好的例子。因此他觉得，要使反清武装起义取得胜利，一定要重视争取清军中新军倒向革命的工作。

当时，在日本的中国留学生中，有不少人学习陆军科目。这些人学成归国，容易受到清政府的重用。黄兴认为，动员这些以后能掌兵权的人参加革命，是控制新军的一个好方法。为此，他想方设法在这些学生中进行革命宣传。日子一长，效果很好。第4、5、6期陆军士官生共有300余人，参加同盟会的有李烈钧、阎锡山、唐继尧、程潜等100余人。黄兴是个细心人，他特别考虑到这些会员的安全，要求他们注意隐蔽，不要和总部公开来往。为了保密起见，这些会员的入会证明也由他亲自保管。

1906年，长江中游一带闹灾，湖南、江西交界处的萍乡、浏阳、醴陵等地灾情尤其严重。黄兴认为，这是发动起义的好机会，便派同盟会会员刘道一、蔡绍南回湖南作准备工作。他自己和刘揆一等人在华侨中募集资金，购买枪械，等起义条件成熟，就运枪回国，领导起义。

这次起义，是在准备并不成熟的情况下发动的。会党成员虽然很勇敢，并一度控制了萍乡等部分地

黄兴

区，还以檄文形式公布了同盟会的纲领，但由于组织涣散，武器落后，结果还是失败了。

萍、浏、澧起义虽然失败，但黄兴并没有气馁，而是不屈不挠地准备新的战斗。经过一段时间的准备，他率领了一支由华侨和爱国人士组织的200余人的游击队，于1908年春进入广州钦州等地区，进行反清游击战。转战数月，打了不少胜仗，慌得广西清军将领向都督、巡抚告急，要求火速派兵助剿，又悬赏3万元收买黄兴的头颅。

当地官府被黄兴的游击战扰得日夜不安，有人听见黄兴的名字就胆战心惊，黄兴的威名由此大振。但一个半月后，由于弹尽援绝，黄兴只得带兵退出了这些地区。

钦州一带的游击战刚告一段落，同盟会又发动了河口起义。河口是云西省的一个战略要地，隔红河与越南北部的老街相对。这次起义，不到一天就拿下了河口。附近各营清军相继投诚，革命党方面一下子增加了3000多士兵。大家都很高兴，觉得如果河口起义能巩固扩大，以云南为根据地的想法也许能成为现实。

但是，黄兴赶到河口时发现，那里起义军的情况非常糟糕，枪械严重不足，部队人心涣散，缺乏艰苦战斗的精神。当时的战略目标是袭取通往云南省首府昆明的门户蒙自，但士兵们对这个军事行动非常勉强。黄兴明白，这样下去起义必将很快失败。于是，他决定把钦州游击战的战友们集中起来，加强河口的力量。不料，他在重返前线的途中，被越南的法国警察认出，并勒令他离境。在这种情况下，河口起义很快失败了。

　　1906年10月，萍、浏、醴爆发起义，日知会筹划响应。1907年1月，因奸细告密，清廷查禁日知会。刘静庵、朱子龙、殷子衡、张难先等9人被捕。刘静庵在狱中备受酷刑，于1919年6月病死狱中。这是由知名人士题词的刘静庵画像。

领导黄花岗之役

黄花岗之役是中国同盟会辛亥年在广州发起的一场起义，又称"辛亥广州起义"、"三·二九广州起义"、"黄花岗起义"。

同盟会发动的一系列反清武装起义虽然都失败了，但是不少人从实际斗争中，逐渐接受了黄兴在几年前就总结的教训：反清武装起义应以争取清军中新军倒戈为主。从此，革命党人开始注意在军队内部进行革命的宣传和组织工作。

1910年10月，孙中山根据黄兴的建议，在马来西亚的槟榔屿召开会议，决定利用新军中的革命力量，发动广州起义。计划从各地同盟会中抽调骨干，组成300人的敢死队，由他们发动、新军配合拿下广州，然后分兵两路会师长江，举行北伐。会议还决定，以"振兴中国教育"为名，在海外侨胞中募款13万元港币，以保证这次起义有充足的枪弹和经费。

在黄兴的领导下，各项准备工作紧张地进行着。几个月后，终于从爱国侨胞中募得19万元港币的巨款，购运军火的人绞尽脑汁，将在国外购得的武器弹药，从香港等地转运到广州城内的40多个秘密机关，策动清军军警反正的，利用各种关系打入敌人内部，秘密进行宣传联络。

1911年1月，黄兴、赵声、胡汉民在香港成立起义领导机关——"统筹部"，并派人到广州附近各地，联络新军、防营、会党、民军，以备响应；同时在广州设立38处秘密机关，刺探敌情，转运军火，为起义作准备。4月8日，统筹部召集会议，会议议定起义时间为4月13日（清宣统三年三月十五日），计划十路大军攻打广州：第一路由赵声率领江苏军攻打水师行台；第二路由黄兴带领南洋、福建同志攻督署（两广总督张鸣岐驻所）；第三路由陈炯明领东江健儿堵截满界；第四路由朱执信领顺德队伍守截旗界；第五路由

革命党人进攻广州两广总督衙门,与清军作战。

两广总督衙门

徐维扬领北江队伍进攻督练公所；第六路由黄侠毅领东莞队员打巡警道；第七路由莫纪彭领军策应徐维扬、黄侠毅两队；第八路由姚雨平率领陆军响应；第九路由洪承点派队分途攻守；第十路由刘古善领队分途攻守。

距离起义的日子越来越近，不利于起义的各种因素也越来越明显了。清政府从同盟会在南洋筹款的情报中，知道同盟会准备发动一次规模很大的暴动，便不断地电令两广一带官员将领严加防范。同盟会有个会员擅自进行的暗杀举动，更使广州的官府加强戒备，影响了武器运入广州的计划。东南亚一带的部分款项没有按计划集中，影响购买军火，使起义日期不得不发生变动。这一切，都为这次起义埋下了危机。

辛亥革命急先锋 xin hai ge ming ji xian feng

——资产阶级革命家黄兴

广州起义原定于 4 月 13 日发动。由于上述原因，改到 4 月 26 日，后又改到 4 月 27 日。

4 月 23 日傍晚，黄兴从香港潜入广州。临行前，他给南洋的同志们写了绝笔信："本日即走阵地，誓先士卒，努力杀贼……绝笔于此，不胜系恋。"到了广州，黄兴敏锐地感觉到，广东官府对广州起义已很清楚，只是不知道具体日期罢了。

由于广州戒备森严，革命党人在租界设立的几处机关中，有 4 处已被迫迁出，以免引起敌人进一步的注意。4 月 25 日，两广总督张鸣岐、水师提督李准调军增加广州的防守力量，清军控制了城内所有的制高点，官府已准备在全城以检查户口为名大举搜查，革命党人的机关和枪弹随时会有暴露的可能。有鉴于这些情况，不少人向黄兴提出延期起义的建议。

从军事上权衡，敌人已有了准备，黄兴觉得起义应该推迟。为此，他电令香港的敢死队员暂时不来广州，又将在广州的一部分已剪去辫子的敢死队员撤退到香港待命。然而，当他从政治上权衡时，却觉得宁可缩小规模，也要拼死举事。促使他作出这个决定的，主要有两个原因：一是如果推迟起义，同盟会必将失去中国革命的资助者——海外华侨，二是一部分军火已经入城，难以再安全运出，与其使武器落于敌

手，不如仍然起事。最后，他毅然决定起义。

　　4月26日，黄兴得知新调来的巡防营的10个将领中，有8个同意举事时倒戈，认定起义有胜利的希望，并且不必缩小规模。于是，他立即打电报到香港，要敢死队员全部到广州集中，按计划在第二天起义。遗憾的是，由于电报局的耽误，这份电报到晚上10点以后才到达香港，而这时开往广州的末班船早就启航了。这样，在香港的300多名敢死队员无法在27日赶到广州。

　　27日早晨，黄兴接到香港同志的电报，要求将起义日期延至28日。黄兴认为无法再等了，因为广州城里的风声越来越紧，官府随时可能大逮捕，城里的几百名革命党人面临牺牲的危险。他决定仍在当天下午起义，并将原来的十路人马改为四路。

这天下午4：30分，黄兴在小东营指挥部集合队伍，公布了凡是臂缠白毛巾、脚穿黑胶鞋的都是自己人的标记，又作了简短而慷慨激昂的动员。

5：30分，黄兴带领朱执信等130余名敢死队员，直扑两广总督衙门。一路上，他们打退了警察的反抗，又击毙了总督署卫队的管带，胜利地占领了总督衙门的大堂。

正在二堂喝茶的张鸣岐和几个官员，听说革命党打进来了，慌得面如土色。他们乘卫兵关上二堂大门和革命党人对峙时，从阁楼顶上狼狈地逃走了。

黄兴见没有抓到张鸣岐，就下令放火焚烧总督衙门，然后退了出来。他们一出东辕门，迎面碰上了水师提督李准派来的大队清兵。双

辛亥风云誓绝笔，黄花赤血染黎明——广州风云。

方枪弹齐发，弹如雨下，炸弹声震耳欲聋，不少敢死队员在敌众我寡的情况下壮烈牺牲。黄兴正在射击，突然飞来一颗子弹，正中枪的铁机柄，右手食指和中指的第一节被打断，鲜血直流。他顾不得疼痛，忙用第二节手指继续扳机射击。不一会，他发现敢死队员伤亡严重，清军有可能包围这支起义队伍，急忙下令将队伍分成三路，尽量和倒戈的清军会合。

黄兴自己带了一路，直奔南大门而去，途中又和准备倒戈的清军巡防营发生误会而接火。由于寡不敌众，最后只剩下黄兴一人。这时天色已暗，他用肩头撞开街旁的一家已歇业的绸布店。从店内伸出两支枪，左右开弓，打死了好多清兵。天黑以后，清兵们听到集合的号令退走了，黄兴这才暂时转危为安。他用凉水冲洗了伤口，稍加包扎，又设法更换了衣服，混出城门，到珠江南岸的一个秘密机关隐蔽起来。

3天后，他化装混过清军的盘查，回到了香港。

黄兴后来才知道，在4月27日的起义中，实际发起进攻的只有他一路人马。由于计划的一变再变，革命党人力量不能集中，清军又早有准备，另外三路的领导人觉得胜利无望，都没有发起进攻，准备倒戈的清军将领一看苗头不对，不仅没有反正，反而残酷地镇压了这次起义。

事后，同盟会会员潘达微多方设法收殓烈士遗骸72具，合葬于广州郊外城东红花岗，后改名黄花岗七十二烈士墓。1932年，查得此次死难烈士姓名达86人。由于习惯，人们仍称黄花岗七十二烈士，这次起义也被称为黄花岗之役。

黄兴为追悼七十二烈士写的挽联

黄兴领导的黄花岗之役虽然失败了，但它是同盟会成立以来全力以赴的最大一次反清行动，有力地推动了各地反清斗争的发展。

孙中山在《黄花岗烈士事略》序文中高度评价了黄花岗之役："是役也，碧血横飞，浩气四塞，草木为之含悲，风云因而变色，全国久蛰之人心，乃大兴奋。怨愤所积，如怒涛排壑，不可遏抑，不半载而武昌之大革命以成。则斯役之价值，直可惊天地、泣鬼神，与武昌革命之役并寿。"

拓展阅读
TUOZHAN YUEDU

《细说民国创立·辛亥三月二十九日广州之役》记载的十路是："一路黄兴，攻两广总督衙门，一百华侨与福建同志；二路赵声，攻水师行台，一百江苏与安徽同志；三路莫纪彭、徐维扬，攻督练公所，一百广东北江同志；四路胡毅生、陈炯明，防截旗界，占领归德门与大南门，一百广东东江同志与民军；五路黄侠毅、梁逸，攻警察署、广中协署，守大南门，一百广东东莞同志；六路姚雨平，占领飞来庙，攻小北门，迎新军一百人；七路李文甫，攻旗界、石马槽军械局，五十人；八路张六村，占领龙王庙，五十人；九路洪承点，破西槐二巷炮营，五十人；十路罗仲霍，破坏电信局，五十人。"

黄花岗七十二烈士陵园

保卫武汉三镇

武昌起义和广州起义同是 1911 年（辛亥年）爆发的。广州起义是年头（3 月 29 日），武昌起义在年尾（10 月 10 日），相距有半年时间。武昌发难原定于 1911 年 3 月 29 日，意在沿用广州起义的日子。然而时代的车轮滚滚向前，武汉这个蕴藏已久的火药库，终于提前爆炸了。提前的原因是在 1911 年 10 月 7 日，汉口俄租界宝善里 14 号革命机关中制造炸药时起火、爆炸。俄巡捕房闻讯，派警察荷枪实弹赶来，团团包围，将所藏枪械、弹药、名册等重要文件全部搜去，交湖

黄兴铜像

051

广总督衙门处理。湖广总督进行暴力镇压，四处搜捕可疑行人。汉口、武昌音信隔绝，革命党人集合应变，皆曰："与其坐以待毙，不如乘机崛起，提前发难。"

熊秉坤是工程第8营的总领队，率金兆龙、程定国等打响第一枪，攻占了楚望台，控制了清军储藏军火的军械库，号令反清起义。于是，闻讯会聚到楚望台的新军中革命党人有数百人。10月10日，革命党人开始炮轰总督衙门。熊秉坤、蔡济民、马明熙率兵围攻督署，英勇奋战，一往无前，守军闻风溃散。民军旗开得胜，占领了督署衙门，攻克武昌。

此时，黄兴和随行者林子超、宋教仁、李书城正在福州分别密访广州起义的蒙难烈士家属，以表达慰问之忱。忽闻武昌已发动起义，飞速回抵上海，到上海时是10月24日。

武昌革命军一鼓作气，势如破竹，于10月12日又攻占了汉阳和汉口。革命的声势震撼了全国，但全国各省准备响应的势力听不到孙中山、黄兴的声音，处变审慎，冷静观望，因为大家确认孙中山、黄兴才是领导革命的重要人物。于是，湖北军政府接连向上海发出电报，要求中部同盟会的领导者们来鄂，并敦促黄兴速来武昌。

10月28日黄兴抵达汉口，随行者有宋教仁、李书城、刘揆一、孔庚、居正等人。他们突破清军长江水师封锁线，安全到达了江汉关，受到武汉各界的热烈欢迎。黎元洪率文武官员，至江汉关码头欢迎。在欢呼声中，黄兴被拥戴为民军总司令，民众自发特制一丈二尺"黄"字大旗三面，分别竖立于武汉三镇之黄鹤楼、龟山、新市场上空，迎风飘扬。黄兴偕李书城、宋教仁、吴兆麟、杨玺

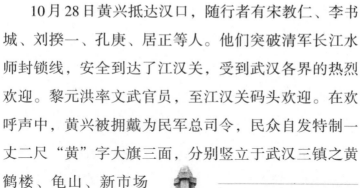

辛亥武昌起义工程营发难处（位于湖北省总工会内）

辛亥革命急先锋 xin hai ge ming ji xian feng
——资产阶级革命家黄兴

宾、张知本等人亲临汉口前线视察，前线指挥官何锡藩率军民热烈欢迎。

当晚，黄兴被举为革命军总司令，承担了保卫武汉三镇的艰巨任务。他的部下，大部分是刚刚招募来，只经过短期训练或者根本没有训练过的新兵，而他的对手，却是装备良好、训练有素的北洋第一军。但黄兴决定不顾一切，尽力打好这场保卫战。

此时，正是冯国璋佯装败北后撤之时。当黄兴等人视察至刘家庙时，敌方主力已撤退，留在车站的武器堆积如山。因这日袁世凯在信阳设行署，就任湖广总督职，许多清军官员去信阳参加庆祝活动了。黄兴看到这是一个进攻的好机会，便指示战地指挥官，于深夜率领2 000人分别进攻刘家庙和磁口，以夺取敌人军火为目的。因敌人疏于防范，革命军这一出击，缴获的战利品应有尽有。袁世凯闻讯震惊，

武昌起义门（中和门）

能平汉上为先着，此复神州第一征——武昌起义

于11月1日下令攻打汉口，限期收复汉口。黄兴根据局势的发展，下令革命军转移阵地，退守汉阳；又命蒋翊武于大智门前线遍地埋设地雷。黄兴撤军汉阳后，以襄河为界，挖掘深壕，第一线用机枪把守，第二线建筑堡垒阵地，以守代攻，第三线在龟山兵工厂环山设立炮台20座，组成炮火网，居高临下，俯瞰汉口动静。黄兴设总司令部于西门外昭忠祠，留日士官生程潜、曾昭文等数十人和南京陆军小学学生蒋光鼐、陈铭枢、陈果夫等数十人连袂前来参战。黄兴亲自视察战地，对前线防卫工事，以及机枪阵地、炮台设置一一规划，构成火力网防线。当时已近初冬，饥寒交迫是民军的最大隐忧。黄

兴希望武昌方面给予支援。然而，黎元洪却与袁世凯狼狈为奸，主张放弃汉阳。

黄兴得知武昌有断绝支援暗潮，决定派程潜、胡瑛、刘揆一返湘，在洞庭湖十县中，征集大批米粮，组织船队，运往汉阳，支援军食。在汉阳龟山西南边一所小学中设立炊事房，开20个大灶，征用民工，为5000人做饭、送饭，每日两餐。黄兴召集营长以上干部训话，他说："汉口因不能守而撤退，汉阳既能战，又能守。作战的目的是争取胜利，胜利的成果以珍惜人力物力为原则。我们不能凭匹夫之勇，不打没有把握的仗。我们退守汉阳，必须以守代攻，保持战斗力。我们是国民革命的先锋，期待全国的响应，共同奋斗！成功在望，胜利可期，盼望大家为国为民，为锦绣河山的再造，写下历史的新一页。"

在黄兴的指挥下，革命军夺回了几处阵地，但也付出了2000余人伤亡的代价。袁世凯得知北洋第一军

汉口，革命军士兵准备出发。

居然连汉口都没攻下，决定亲赴武汉督师。第一军总指挥冯国璋知道后，马上下令放火焚烧市街房舍，使革命军无处隐蔽。大火连烧三昼夜，使汉口繁华市区成为焦土。

11月2日，冯国璋向汉口疯狂进攻，但没遭遇抵抗，因革命军在前一日已撤退至汉阳。但清军在大智门前线触发地雷，伤亡惨重。冯国璋报喜不报忧，宣布收复了汉口。

11月5日，冯国璋下令攻汉阳，集五千之众，强渡襄河。当清军过襄河时，展开了大规模的战斗，革命军第一线以机关枪扫射，清军死伤枕藉。黄兴居高临下，鸟瞰全部作战情形。战斗进行两小时后，清军横尸河床，已失去作战能力。革命军以守代攻，取得了一个大胜利。冯国璋轻举妄动，招致失败。革命军虽胜，但黄兴仍要求部队严守阵地，不得追击。

11月10日，黄兴下令派李书城带领精兵600余

人，迂回向北，向孝感突击，与潜伏在刘家庙外围的革命军会合，沿铁路北上，攻打信阳。这次大规模军事行动的目的是攻打湖广总督行署，生擒袁世凯。因当时通信设备缺乏，不知袁世凯已于11月2日离信阳去了北京。民军纵火烧毁湖广总督行署后，又破坏了铁路与车厢，连夜返回汉阳基地。冯国璋得报，由汉口挥军北上，但革命军已退，扑了一个空。

11月16日，黄兴指挥革命军渡襄水，攻汉口。在猛烈的枪弹和炮火的掩护下，革命军奋勇冲杀。清军们守不住阵地，只得向北逃跑。攻占汉口胜利在望。黄兴想到战士们已经一天一夜没有进食，便下令各部坚守阵地，就地吃饭，待命进攻。可是，革命军里的

汉口，就餐的革命军炮兵和列队行进的步兵。

武昌城外革命军炮兵隔江炮击清军

新兵实在太多了，军官的指挥水平又很低，一听到吃饭的号令，大家不顾一切地离开阵地，抢着吃饭。一瞬间，部队混乱了。败退中的清军将领明白，这是一个千载难逢的机会，马上下令反攻。革命军抵挡不住，向后退去。到手的阵地又被清军夺回。

11月26日，袁世凯下令，不惜任何牺牲，对汉阳发动总攻击，争取军事胜利，以达到以战逼和的目的，压制各省的独立。

冯国璋在汉口重新站稳脚后，命令一部分军队以重炮攻击汉阳，另一部分攻击革命军的侧背。11月27日，汉阳终于失陷。

汉口、汉阳保卫战坚守一个多月，最终失利，使黄兴痛不欲生，甚至想自杀殉职。其实，从10月10日起，至11月27日止，保卫武汉的战争一共打了47天。黄兴统领革命军在军粮不继、枪械无援、以少敌众的情况下，英勇奋战，坚持一月之久，而把影响扩大到全国，这是一场了不起的战役。它不仅保卫了湖北军政府，而且拖住了袁世凯主力，使全国各省的革命力量得以迅速发展。正因为有黄兴和清军的相持，宋教仁才有时间加强江苏、浙江的革命力量，最后攻下了南京。

很快，各省在欢欣鼓舞中声援革命，宣告独立。通电独立者，先后有山东省、四川省、湖南省、江苏省、浙江省、广东省、福建省、云南省、贵州省和安徽省。大风起兮云飞扬，清王朝摇摇欲坠。

1912年元旦，孙中山在南京庄严宣告：中华民国成立，民主共和的政治制度正式开始。

黄兴的政治目标终于实现了。人们在回顾资产阶级革命党人创建中华民国的这一段历史时，是不会忘记他这位辛亥革命元勋的。

革命军占领后的江岸车站

当时，武汉三镇的形势是三分天下。武昌方面：黎元洪本性难移，对革命貌合神离，为争夺权力，重用孙武为都督府军事部长、吴兆麟为参谋部长，公开制造拥黎贬黄的把戏，处处使黄兴受到掣肘。

汉口方面：冯国璋指挥的兵力有35000人，是袁世凯在小站练出来的精兵，配备新式武器，屯驻汉口，虎视汉阳。

汉阳方面：黄兴统带的革命军，号称15000人，实则不足6000人，有3000人来自起义新军，有作战经验。

于是，黄兴让谭人凤、刘揆一去湖南，请求湘军援鄂。湘军于11月19日抵达汉阳。第一协统王隆中，第二协统甘兴典，随后而来者有刘玉堂军，以及甘续熙的敢死队。援军兵强马壮，给汉阳前线鼓舞很大，对敌人也起到了吓阻作用。敌人的枪炮也渐渐稀疏。这时，汉阳的革命军才真正达到了15000人。

黄兴与孙中山

在中国近代史上，孙中山与黄兴为建立中华民国的两位最高元勋，常常以孙、黄并称。清末的重要革命团体和革命活动，多为两人所谋划组织。孙中山是革命先行者，黄兴是革命实干家。他俩在长期革命斗争中，建立了深厚的革命友谊。

长沙起义失败后，黄兴于1904年底到日本避难。1905年7月，孙中山为发动革命，亦从海外来到日本。经老友宫崎寅藏的介绍，次日，孙中山就赶到黄兴寓所。黄兴把孙中山领到一个名叫凤乐园的中国餐

"旷代逸才"杨度留学日本，介绍黄兴与孙中山合作。（浮雕）

馆，短暂寒暄之后，他们就转入革命的话题。将近两个小时，孙、黄两人既不吃菜，又不饮酒，推心置腹地谈话。最后，他们举杯庆贺他们的愉快会晤。不久，孙中山所建立的兴中会与黄兴所建立的华兴会等团体，在日本东京合并成立了中国同盟会。在同盟会成立会上，黄兴提议："公推孙中山先生为本会总理，不必经选举手续。"由此，孙中山被推举为同盟会的总理，黄兴被推举为协理。

"孙氏理想，黄氏实行"

"世称孙、黄为开国二杰，克强诚当之无愧矣。"（冯自由语）辛亥革命期间流行"孙氏理想，黄氏实行"的说法，众口一词都说黄兴是革命的实行家。当时出版的《血书》有《黄兴小史》，其中言："黄非思想家，亦非言论家。实为革命党中惟一之实行家也。故党中最重黄之声望，直可与孙逸仙齐驱并驾矣。"孙、黄并称其实不是偶然，黄兴虽然比孙中山小了8岁，但在20世纪初那次重大历史转型中他扮演了极为重要的角色，在信仰共和的革命阵营中，拥有更广泛的追随者。章太炎手书的挽联"无公则无民国；有史必有斯人"可以看做是对黄兴的盖棺论定。

黄兴塑像

早在1911年汉阳督师时，黄兴就已是声名显赫的风云人物，他的经历赢得包括职业军人在内的普遍认同不是偶然的。孙中山虽然从事革命的时间更早，但他主要是个理想家，在海外华侨中具有一定的动员能力（主要是筹款）。在民国初创之际，人们重视的是践行，享有"笃实"盛誉的黄兴被各方看好乃是顺理成章的。

辛亥之际，在孙中山回国前，黄兴主持处理了大部分军政、民政要务，包括筹款、议和等重要事务，经受了一切考验，"从出身背景、资质禀赋和社会联系几点来看，他比与国内缺少关系的孙中山，更易于同中国社会中坚分子相处"。

甘当配角的黄兴

在辛亥之际的历史转型中，黄兴是孙中山的最佳配角，他是一个具有强烈配角意识的历史人物，从未想要取代孙中山。虽然他有这样的机会，也有这样的威望与实力。但他的能力、人品、见识容或有局限，却有口皆碑。胡汉民评价他"雄健不可一世，而处世接物，则虚衷缜密……事无大小，辄曰'慢慢细细'"。而"慢慢细细"是长沙的口语，其中有从容不迫之姿。周震麟说他"光明磊落，敝屣权势"，"是一个爱国血性男儿，平居沉默寡言，治学行事，脚踏实地，对待同志，披肝沥胆，因而能够得到一般同志的衷心爱戴"。章士钊自称弱冠以来交游遍天下，最易交的朋友就是黄兴，在"无争"之外，"一切任劳怨而不辞"，所以断定："人若以克强不服中山相齿奇龂者，克强有灵，必且惶恐退避，而不作一语，使言者在克强之前，化为渺小无物，不知所裁。"少年时代在万人空巷时见过黄兴的王世杰，晚年在日记中说起黄兴，仍对其"忠勇谦和"倾慕不已。

黄兴对太平天国争权导致失败的教训印象尤深，所以他始终不愿取代孙中山的主角位置，即使出现严重分歧也不想另树一帜。1912年5月，他与李贻燕等

人谈话时说：

> 我革命的动机，是在少时阅读太平天国杂史而起。……但是又看到太平天国自金田起义之后，起初他们的弟兄颇知共济，故能席卷湖广，开基金陵。不幸得很，后来因为他们弟兄有了私心，互争权势，自相残杀，以致功败垂成。我读史至此，不觉气愤腾胸，为之顿足三叹。

黄兴认为，革命"不能有丝毫私意、私见、私利、私图"，并为自己取名"轸"，"就是前车既覆、来轸方輴的意思"，也就是不想重蹈太平天国当年的覆辙。一句话，黄兴具备了做领袖、演主角的大部分条件，但他的性格使他自愿担当配角。从同盟会时期到

黄兴行书『无我笃实』

民国初年，他从来都不曾打算从孙中山手中夺取领袖地位。这样的机会曾一次次地出现在他面前，但他每一次都是坚决地拒绝了，并一直坚定地维护孙中山的主角形象。

极力维护孙中山的领袖地位

1909年秋天，陶成章等人再度对孙中山发起责难，远比上一次"倒孙"风潮来得猛烈。9月，陶成章和李燮和等人代表七省同志在南洋起草了《孙文罪状》，要求开会改选同盟会总理。黄兴极力进行抵制。8、9月间，陶成章写信给李燮和等说："公函已交克强兄，惟彼一力袒护孙文，真不可解。……石屏在安南信孙文大言，亦为所迷。""精卫为人，狡展异常，挟制克公，使其不发表此公函。章太炎已刊报告，不久当分布南洋各埠也。"另一封信中又说："克强既不

肯发布公启，弟往向之索回，不肯归还。太炎传单出后，克强屡使人恐吓之，谓有人欲称足下以破坏团体之故也。""克强函责太炎以晚节不终。"其中章太炎的"报告"、"传单"就是指《伪民报检举状》。

9月间，陶成章曾与黄兴"辩论中山之事多时"，黄兴怀疑这次反对孙中山是陶发动的。对于孙中山指控陶为保皇党侦探一事，黄兴表示不信，谭人凤更不信，认为"天下断无此理"。9月22日，陶在信中再次提及此事，对黄兴"以为不开除孙文，无

黄兴书法对联

妨于事"表示不满。24日，陶成章在给王若愚信中说："到东京后，即将公函交付克公，迄今并不发布，专为中山调停。""弟及兄等与中山已不两立，看来非自己发表不行矣。"25日，陶在写给朋友的信中说："今得克强来信，中多无理取闹之言，可恨已极。……克公自以为能，竟不料其自坏长城矣。""克公贪于目前之近利，不识适贻日后之祸患。"

其实，这是陶成章不了解黄兴的性格所致。黄兴不仅拒绝散发他们的联合声明，拒绝召集会议讨论，而且写信给李燮和为孙中山辩护，并亲临南洋平息那里的反孙情绪，还在那里写了一封信给孙中山。当年11月7日，黄兴给孙中山复信，其中表达了"陶等虽悍，弟当以身力拒之"这样的态度：

但只陶焕卿一人由南洋来东时，痛加诋诽于公，并携有在南洋充当教习诸人之公函（呈公罪状十四条），要求本部开会。弟拒绝之，将公函详细解释，以促南洋诸人之反省。……在东京与陶表同情者，不过与江浙少数人与章太炎而已。及为弟以大义所阻止，又无理欲攻击于弟，在携来之附函中，即有弟与公"朋比为奸"之语，弟一概置之不理。彼现亦（无可）如何，只专待南洋之消息，想将来必大为一番吵闹而后已。……见弟不理，即运动章太炎在《日华新报》登一伪《民报》之检举状（切拔〔剪报〕附上一览），其卑劣无耻之手段，令人见之羞愤欲死。现在东京之非同盟会员者，亦痛骂之，此新闻一出，章太炎之名誉扫地矣。……弟与精卫等商量，亦不必与之计较，将来只在《民报》上登一彼为神经病之人，疯人呓语自可不信，且有识者亦已责彼无余地也。总观陶、章前后之所为，势将无可调和，然在我等以大度包之，将亦不失众望，不知公之意〔意见〕若何也。美洲之函，想亦不出陶、章之所为，今已由弟函达各报，解释一切（函稿另纸抄上）。桀犬吠尧，不足诬也，我公当亦能海量涵之。至东京事，陶等虽悍，弟当以身力拒之，毋以为念。

当时，孙中山将要抵美，黄兴以同盟会庶务的名义给美洲各埠中文报纸的同志写信：

本处风闻孙君未抵美以前，有人自东京发函美洲各埠华字日报，对于孙君为种种排挤之词，用心险毒，殊为可愤……再者，南洋近二三同志对于孙君抱恶感情，不审事实，遽出于排击之举动，敝处及南洋分会已解释一切。

"凡此皆非为中山个人，实为大局。"

难怪胡汉民在致南洋书中盛赞黄兴之举："闻黄克强已有书致文岛各教员，痛为辩白，而陶归日本，要求开会讨论，黄君则拒绝不允。凡此皆非为中山个人，实为大局。盖吾人矢志革命，虽未尝依一人，而其人于全党有重大关系，抑且无丝毫之无负于党，如此而被诬被谤，则不容不为辩白护持。今在东京有黄克强兄，在南洋有公等，俱持正不阿，以伸公论，悠悠之口，将不久自息矣。"

同年冬天，黄兴就《民报》在东京秘密续刊之事连续两次致函巴黎《新世纪》杂志："章太炎此次发布伪《民报》检举状，乃受陶成章运动（陶因在南洋欲个人筹款不成，遂迁怒中山，运动在南洋之为教员者，连词攻击之。陶归东京后，极力排击，欲自为同盟会总理，故谓《民报》续出，则中山之信用不减，而章太炎又失其总编辑权，无以施其攻击个人之故智，遂为陶所动），遂有此丧心病狂之举。已于二十六号中登有广告，想同人阅之，皆晓然于太炎人格之卑劣，无俟辩论也。""昨邮上一函，内附呈二十五号《民报》之提单一纸，乞再为查收为幸。此期内有辨正章炳麟之伪《民报》检举状之告白，若能转登于《新世纪》，更加以辟词，同人等尤为盼切。"

胡汉民认为，黄兴极力为孙中山辩护，维护其领袖地位，而不是乘机取而代之，"凡此皆非为中山个人，实为大局"。但这件事在孙中山心头还是留下了浓重的阴影。章太炎的《伪民报检举状》虽不可全信，但也值得深思："试观黄兴，非与孙文死生共济者耶？而以争权怀恨，外好内猜；精卫演说，至以杨秀

黄兴书法

清相拟。"汪精卫是孙中山的亲信，他将黄兴与太平天国企图架空洪秀全、野心勃勃的东王杨秀清相比，恐怕不是无缘无故的。毕竟黄兴在同盟会中的威信太高了。但毫无疑问孙中山需要黄兴的臂助，没有这样一个革命的实行家，他的理想再高远也难以落到实处。黄花岗起义失败后，1911年5月4日，孙中山在美国接到胡汉民复电，得知黄兴等安全脱险到达香港，就欣然表示："天下事尚可为也！"当黄兴一度致力于地下行动，决心以一死拼李准，以谢海外侨胞，维护革命党人的信誉时，孙中山等无不忧心忡忡，函电交驰，极力劝阻，最后黄兴才放弃这个念头。8月31日，孙中山在写给吴稚晖的信中说："盖黄君一身为同志之所望，亦革命成败之关键也。彼之职务，盖可为更大之事业，则以个人主义事非彼所宜为也。……今彼欲组织四队，按次进行，大为同志所赞成。"所以，外界猜测孙、黄"相仇"并不符合事实。梁启超在1911年10月写给徐勤的长信中就提及："孙、黄不睦久矣，黄剽悍实行，而孙巧滑卷望，黄党极恨之。去年曾决议除孙名，赖有刘揆一者，谓方当患难之时，不宜内讧，授人口实，仅乃无事。今日彼此互相利用，而实有相仇之心。"

在辛亥革命以前的几次"倒孙"风波中，假如不

辛亥革命急先锋 xin hai ge ming ji xian feng

资产阶级革命家黄兴

是黄兴坚定地拒绝取而代之，自为同盟会总理，他扮演革命主角的机会是一直存在的。他身上的这种配角意识，放在整个中国历史长河中也是罕见的，因为配角意识无疑是一种极为可贵的民主意识，其中处处闪现出黄兴的伟岸人格。

"必须不计较个人的权利，互相推让"

武昌起义突然爆发后，等黄兴赶到上海时黎元洪早已被推出。宋教仁力劝黄兴不要去武汉，到南京去另开新局面，他没有接受。上海光复之后，张謇等推庄蕴宽到武汉，请黄兴去上海主持大局，统率江、浙军队攻克南京，组织全国军政统一机构。黄兴的回答是："全国军政统一机构是愈早组织愈好，但不必要我担任领导人。"（廖宇春日记中讲到，顾忠琛对他说，黄兴曾言"前次各省推举某为临时总统，某所以坚辞不受者，正虚此席以待项城耳"。黄兴在写给汪精卫的信中也表示，只要袁世凯能推倒清廷、赞同共和，他愿意推袁）

1911年12月4日，独立各省留在上海的代表开会选举大元帅、副元帅，黄兴得16票，当选为大元帅，黎得15票，为副元帅，并议决以大元帅主持组织中华民国临时政府。留在武汉的代表认为，留沪代表只是一个通信机
关，没有选
举职能，不
予承认，要
求黎元洪通
电撤消。第
二天，黄兴
也在江苏教育总会举行的各界欢迎大会上致辞，表示
自己愿意带兵北伐，至于组织政府，孙中山将要回
国，可担当此任。有人发言说："孙君诚为数十年来
热心革命之大伟人，然对外非常紧急，若无临时政
府，一切交涉事宜，俱形棘手。况大元帅为一时权宜
之计，将来中华底定，自当由全国公选大总统，是故
某以为黄大元帅于此时实不必多为推让。于是黄大元
帅乃允暂时勉任。"这是上海《民立报》1911年12月6
日的报道，应是可信的。不料当天黎元洪通电反对公
举黄兴为大元帅，说什么"情节甚为支离，如确有其
事，请设法声明取消"。

南京攻克之后，局势大变，12月11日—14日，各
省代表齐集南京，连日开会，决定16日选举临时总
统。就在这个节骨眼上，15日浙江代表陈毅从湖北带
来了清廷议和代表唐绍仪向黎元洪透露的消息（袁世

辛亥革命急先锋 xin hai ge ming ji xian feng
——资产阶级革命家黄兴

黄兴始终如一地坚持民主共和国的崇高理想，反对袁世凯的独裁专制统治。

凯有赞成共和的意思），于是又决定缓举临时总统，甚至不惜修改既定的选举法（在"临时政府组织大纲"中增加"大总统选举前其职权由大元帅任之"一条），宣布承认当初认为"不合法"的选举（即上海选出的元帅、副元帅）。本来对于这事，一会儿认为手续不妥，要予以撤消，一会儿又承认了，而驻扎南京的苏、浙军人挟攻克金陵的余威，声言不愿隶属于"汉阳败将"之下，因此又有了元帅、副元帅倒置之议。12月17日，正好黄兴来电力辞大元帅，并主推黎，结果以黎为正，黄为副，黎驻武昌，由黄兴代行大元帅职权，他仍力辞。但军队从镇江排队到下关，人民也沿途准备鞭炮，欢迎他到南京就职，江浙联军还推出林述庆等代表到上海敦请。一连三天，他都不肯。各方以军务紧急督责，他架不住再三劝驾，不得已才准备去南京就职，并通过张謇向上海日商三井洋行借款30万元作为到南京后的军政费开支（12月23日，《民立报》报道，此前一天12月22日他已答应，准备就绪即去南京）。12月23日，即就在启程前的晚上，黄兴忽然对李书城说，明天不去南京了。李问何故？他说："顷接孙中山先生来电，他已启程回国，不久可到上海。孙先生是同盟会的总理，他未回国时我可代表同盟会，现在他已在回国途中，我若不等他到沪，抢先一步到南京就职，将使他感到不快，并使党内同志发生猜疑。太平天国起初节节胜利，发展很快，但因几个领袖互争权利，终至失败。我们要引为鉴戒。肯自我牺牲的人才能从事革命。革命同志最要紧的是团结一致，才有力量打击敌人。要团结一致，就必须不计较个人的权利，互相推让。"谭人凤也说，当时集中在南京的各省代表急于组织临时政府，拟推举黄兴为临时总统，但黄兴知孙中山将至，"亦意存推让"。邹鲁《回顾录》说，当年率广东北伐军前队进入南京时，只见沿街悬旗，老幼拍手欢迎，他莫名其妙，后来才知道这是黄兴原定入南京就任副元帅代理大元帅的日子，南京百姓误把骑在马上的青年邹鲁当成了黄兴。

"不要抱怨孙先生向外国借款不成功"

作为革命先行者、同盟会的领袖，孙中山在国内不是毫无影响的。辛亥革命发生后，《民立报》曾先后披露扬州有人冒充孙中山之侄以劫掠财物、江西有人假托孙中山授权以夺取都督之位等消息。马君武在1911年11月24日发表的评论中感叹："呜呼！孙文，多少罪恶假汝之名而行。"《纽约时报》在1911年10月13日也即武昌起事三天前刊出的报道中就说："如不发生意外，著名的流亡革命家、反清革命领袖孙中山可能被推选为民国总统。"接着，10月14日又对孙中山在海外的筹款活动、政治观点等进行了详细的报道，还刊登了孙中山的画像。但是无论如何，假如不是黄兴自居配角，假如没有黄兴他们的努力，远在美国的孙中山对国内的影响确实是有限的。1911年12月20日，马君武在《民立报》发表社论《记孙文之最近运动及其人之价值》，盛赞其"热忱、忍耐、博学、远谋、至诚、勇敢及爱国心"，"孙君之真价值如此。日人宫崎至谓其为亚洲第一人杰。而尚有狭小嫌宿怨以肆诬谤者，其人必脑筋有异状，可入疯人院。……今见反对孙君之人，大肆旗鼓，煽惑军队，此事与革命前途关系至大"。其中可以看出当时反对孙中山的声音

黄兴参加了孙中山发动的"二次革命",担任江苏讨袁军总司令。

之强烈。

　　袁世凯的密使蔡廷干在武昌时曾问孙中山在这场革命中起了什么作用，"人们告诉他，孙中山在起义中没有起任何作用，起义纯粹是军事行动。与蔡廷干会见的革命者以几分轻蔑谈到他不过是一个革命的吹鼓手，没有参加过任何实际行动，为了保住性命总是躲到一边"。这是他1911年11月16日对莫里循说的。黎元洪对英国《大陆报》记者谈及孙中山时也是用藐视的口吻。黎认为孙中山是个"空想家"。莫里循记录了他在1913年7月的一番话："世人对孙逸仙有错误的认识。在推翻清王朝的革命中他根本没做什么实际的工作。他返回中国时，革命已经结束。除了一些道听途说的模糊印象外，我几乎没有听说过他这个人……孙逸仙离开中国时间长，与这里的任何势力均无关联。他在国外名气很响，因此他似乎适合这个位置。我从未听说他对革命工作提供过什么实质性的帮助。他的名声在很大程度上是虚构的……"

正是黄兴极力维护孙中山的领袖地位，处处为他设想，孙才顺利地当选为临时大总统。胡汉民说，章太炎曾倡言"若举总统，以功则黄兴，以才则宋教仁，以德则汪精卫。同志多病其妄。……然终以党人故，克强不敢夺首领之地位，遁初始欲戴为总统，己为总理，至是亦不得不服从党议，然仍主张内阁制"。所谓黄兴"夺首领之地位"这一说法其实是没有依据的，在孙中山回国之前黄兴拒绝任何职务、等待孙中山的回来是事实。

1911年12月25日，孙中山抵达上海，4天后各省代表选举他为中华民国临时大总统。当时在上海和南京方面对于获得外国政府的承认和借款本抱有极大的希望，但结果都成泡影，因而他们对孙先生多不谅解，说孙中山只是"放大炮"。但黄兴向他们作了如下一番解释，大意是说，"孙先生在国外的友人大多都是在野的政治家，还未取得政权。他们可能与执政的人有些联系，可以向执政者建议给中国革命党人以帮助，但欧美的当权派要借款给中国，首先考虑的是在借款条件上能否在中国攫取特殊的利益，他们的目的并不是帮助中国进步党派，促使中国走上进步道路。例如我们曾向日本要求借款，它就要我们把汉冶萍公司同它合办，我们不应允，它就不借款给我们。孙先生当然不会拿我们国家主权去换取外国借款的。我们对孙先生应该有此认识，不要抱怨孙先生向外国借款不成功。经过黄兴的解释，人们对孙中山的责难才渐渐平息了（莫理循在1912年1月5日写的信中说："孙中山迄今给人们良好的印象。人们认为孙中山随身携带巨额的外币，因此对他有好印象，但印象好到底多少是由于所传他带来巨款却很难说。据我了解，实际上他什么钱都没有带来。一旦此事为人所知，人们很可能会对他产生反感。'）"。

"吾非反对孙先生，吾实要求孙先生耳"

黄兴不愿加入孙中山另组的中华革命党，孙中山为了打倒袁世凯，主张争取日本政府的援助，曾提出了"中日盟约十一条"，黄兴对此持严厉的批评态度。不过，他从未打算打出自己的旗号，另立门户。不要说反对孙中山，连对孙中山的事业有所妨碍他都不愿意。7月9日，船抵檀香山，黄兴在接见《太平洋商务报》记者采访时依然说，"本人直接奉孙先生之命向

黄兴书法

美国转达他的意见"，没有向外人说及自己与孙中山的分歧，并为孙辩护，"而孙先生在世人面前被诬为自私自利、贪赃枉法、卷款潜逃，这些都是谎言"。因为当时袁世凯指控孙中山主持铁道公司挥霍无度、卷款而逃等。黄兴在美期间有侨胞要捐款给他作活动经费，他嘱咐华侨将筹集的款项直接汇给孙中山，"声明自己这次来美暂居，不需要侨胞资助"。他每次与华侨谈及孙中山，都表示很尊敬孙，从未讲及他们在党的改组问题上意见分歧，因为他担心会因此影响华侨的爱国情绪。

1914年8月18日，黄兴就所谓他泄露孙中山外交密函一事严正辟谣：孙中山是否有这样的外交函件还是一个疑问，"即令有此函件，中山先生从未与兴阅过，兴又何从宣泄？此种卑鄙手段，稍有人格者不为；兴虽不德，自问生平未尝有此败行"。当时，袁世凯派代表到美国接洽借款，孙中山曾电告黄兴，设法阻止。但这一切并不表示黄兴已打消了对孙中山另组中华革命党的看法。9月29日，他在芝加哥就阻袁借款一事与梅培商谈。梅培称自己对中华革命党章程有意见，黄兴嘱他给孙中山写信请其再作考虑，并表示：

> 吾非反对孙先生，吾实要求孙先生耳。吾重之爱之，然后有今日之要求。吾知党人亦莫不仰重孙先生，尊之为吾党首领；但为此不妥之章程，未免有些意见不合处。……章程拟稿时，孙先生曾分给一份参看，吾指其不合处要求修改，孙先生当时力允，对胡汉民先生亦然。后不果改，勉强施行，吾料确非孙先生之本意。望能与先生函商一切；若有效，不但克强一人感激，吾知党中多数分子亦当引为庆幸。

10月4日，梅培在给孙中山的信中转述了这番话，黄兴同时表示了自己的意见，到美国后只和林森、谢英伯、冯自由等少数几个人密商过，并未向外人透露半个字。不过，孙中山没有回应，既没有参加

黄兴书法

中华革命党，也未列名欧事研究会。曾为国民党大联合奔走的周震麟回忆说，黄兴在美期间，曾写信告诉他中华革命党在美洲新树旗帜，强迫原来的国民党党部改名，主张对此事要"兼容并包，苦心和解"。在接到谭人凤、周震麟等人8月18日谋求团结反袁的来信后，黄兴在9月12日回信表示："其办法以维持固有之党势入手，既与中山无所冲突，且有事时得与以助力，实为正大稳健之至。"

1915年2月4日，陈英士写信请黄兴返回日本，"共肩艰巨"。3月，孙中山写信给黄兴，希望能和黄兴"同心一致，乘时以起"，请黄兴早回日本。当年秋天，黄兴接到蔡锷将去西南发难的密函，命儿子黄一欧回国参加倒袁。黄一欧回忆说："临行前，先君交我两封信：一致孙中山，谈到袁世凯必将称帝，三次革命的发难时机已届成熟，如有所命，极愿效力；一致在东京的张孝准，略告松坡先生来信情况及需要考虑解决的问题，嘱其速与松坡先生密取联系，相助进行。"

1916年4月22日，黄兴自旧金山启程赴日本，路过檀香山接受当地记者采访时，否认与孙中山有任何分歧（旧金山《少年中国晨报》5月14日）。4月24日，孙中山致电在檀香山的吴铁城，请其转告黄兴要求在上海见面。5月20日，孙中山写信给黄兴，希望以两人的名义向日本方面借款买军械。"况兄与弟有十余年最深关系之历史，未尝一日相迕之感情，弟信兄爱过助我，无殊曩日。"5月下旬，黄兴为这事曾与孙中山频繁电商。6月1日，黄兴复电谭人凤，支持孙中山的第二次讨袁宣言，"并党界都消灭，何门户之可言？"袁世凯死后，黄兴回到上海就去看望孙中山，孙中山也马上回访，"两人相见，握手言欢，极为亲切快慰"。此前，孙、黄"互相过从，商谈国事，一如往昔，并无丝毫芥蒂"。

由于中华革命党在反袁称帝的历史关头并未发挥什么重要影响，已不是处在历史舞台的中心，而居于次要的边缘化的地位。孙中山悄悄将中华革命党的旗帜收了起来，重新改用国民党的名称活动就是一个证明。

中华民国临时政府之陆军部总长——黄兴

黄 兴 的 诗

1902年初夏，黄兴提前一年毕业于两湖书院，被张之洞选派日本留学。此时的黄兴，抱负者大，忧虑者远，与母校同学告别，无暇伤感，惟有豪情："沉沉迷梦二千载，迭迭疑峰一百重。旧衲何因藏虮虱，中原无地走蛇龙。东山寥落人间世，南海慈悲夜半钟。小别何须赋惆怅，行看铁轨踏长空。"

1907年，为挽刘道一，黄兴作《挽道一弟》诗云："英雄无命哭刘郎，惨澹中原侠骨香。我未吞胡恢汉业，君先悬首看吴荒。啾啾赤子天何意，猎猎黄旗日有光。眼底人才思国士，万方多难立苍茫。"据文献记载，刘道一天资聪慧，风流倜傥，精通日语、英语。作为湖南同乡，黄兴对他格外器重，期以"将来外交绝好人物"。待噩耗传至日本，黄兴与其胞兄刘揆一相抱痛哭，乃挥毫泼墨，诗以志哀。此篇直与孙中山的同题挽诗争辉，堪为近代革命诗史上的双璧。

"破碎神州几劫灰，群雄角逐不胜哀。何当一假云中守，拟绝天骄牧马来。太息家国不幸，呼唤救国雄才"。这首绝句作于1909年初夏，三年后书于绢幅，赠黄花岗七十二烈士之一的方声洞的遗孀王颖。

笔下锋芒驱虎豹，胸中经纬纵鲲鹏——行文走笔间彰显黄兴的经国之才。

"云中守"指西汉云中郡（今内蒙托克托东北）守、抗击匈奴的名将魏尚。末句犹言"驱除鞑虏"。

1910年2月（农历正月），广州新军起义失败。5月，黄兴在香港与前来了解中国革命的日本友人宫崎寅藏、儿玉右二晤谈。临别，有诗《为宫崎寅藏书条幅》："妖云弥漫岭南天，凄绝燕塘碧血鲜。穷图又见荆卿古，脱剑今逢季札贤。七日泣秦终有救，十年兴越岂徒然。会须劫到金蛇日，百万雄师直抵燕。"诗以广州新败的悲情起，以他日革命胜利的愿景终。"凄绝燕塘碧血鲜"一句，作者原注："庚戌正月广州之役，倪浑（映典）死于此。"颔联两句选用典故，以荆轲刺秦王图穷匕首见，赞叹汪精卫、黄复生等行刺清朝摄政王的壮举。作者原注："北京炸弹案，精卫、复生被陷。"复以吴国公子季札挂剑于知友徐国国君墓前以践其心中之诺的故事，表达对热忱支持中国革命的日本志士如约而来的感佩。作者原注："君与筿南君南来。"筿南，即儿玉右二。颈联再以楚臣包胥立于秦廷号哭七日七夜楚国终于得救、越王勾践卧薪尝胆十年越国终于复兴的历史典故，表达了自己坚定的革命意志和信念。

1911年4月27日（农历三月二十九日）的广州黄花岗起义，是革命党破釜沉舟的一搏，无奈又遭失败，七十二侠士枉洒青春热血。黄兴痛不欲生，为祭奠英烈，填《蝶恋花·辛亥秋哭黄花岗诸烈士》词一阕："转眼黄花看发处，为嘱西风，暂把香笼住。待酿满枝清艳露，和风吹上无情墓。回首羊城三月暮，

黄兴书法扇面

黄兴行书六言诗

血肉纷飞，气直吞狂虏。事败垂成原鼠子，英雄地下长无语。"大业尚未竟，英雄已长眠，幸存者还得继续奋斗，转战四方，只好嘱托西风，抱一束花香，掬几回艳露，聊慰英灵。而作为起义的总指挥，对于导致英烈饮恨的革命队伍中的"鼠子"（内奸和胆怯之辈），除了诅咒和鄙夷，夫复何言。

黄花岗起义失败，黄兴负伤断指，避居香港时，还填有一阕《蝶恋花·赠侠少年》："画舸天风吹客去，一段新秋，不诵新词句。闻道高楼人独住，感怀定有登临赋。昨夜晚凉添几许？梦枕惊回，犹自思君语。不道珠江行役苦，只忧博浪锥难铸。"上篇化用辛弃疾"少年不识愁滋味，爱上层楼"的词意，赞美少年侠气。下篇一转，径以少年志士此番出征前的慷慨陈词，写出自己的敬重和担忧。"博浪锥"，张良使力士于博浪沙狙击秦始皇用的铁锥，这里借指武器弹药或谋刺行动。此篇所赠之"侠少年"，即16岁的同盟会员李沛基，他潜入广州后不辱使命，于当年10月25日炸死新任清军守将凤山。

所幸这一年10月10日武昌起义爆发，革命终见曙光。其时，黄兴在香港闻讯，即绕道上海赶往武汉，被推为革命军战时总司令。行前，他写成一诗《致谭人凤》："怀锥不遇粤途穷，露布飞传蜀道通。吴楚英雄戈指日，江湖侠气剑如虹。能争汉上为先着，此复神州第一功。愧我年年频败北，马前趋拜敢称雄。"谭人凤，湖南新化人，广州起义失败后受黄兴委派，与宋教仁等在上海成立同盟会中部总会，在长江流域发动革命，是武昌起义的播火者和组织者之一。此诗表达了黄兴在广州起义挫败之后，得武昌起义捷报飞传之情，和对谭人凤等人的敬佩之心。露布，也称露报，指公开发布的文书，汉代开始多用于发表军事捷报。相传黄兴当年常配一印，印文为："上马杀贼，下马草露布。"

武汉三镇光复后，清军反扑，黄兴亲率革命党人

黄兴书法扇面

殊死抵抗。时为清军将领的冯国璋立功心切，竟下令纵火，使得汉口最繁华的市街遂成火海。革命党且战且退。在坚守汉口、汉阳的日子里，全国有十多个省举起反清义旗，宣布独立。至11月27日，黄兴率残部退守武昌，旋即往上海主持东南军务。在江船之中回望首义之城，他感怀江北血战，赋《山虎令》一首："明月如霜照宝刀，壮士掩凶涛。男儿争斩单于首，祖龙一炬咸阳烧。偌大商场地尽焦，革命事，又丢抛，都付与鄂江潮。"

自汉赴沪途中，黄兴在镇江与溯江而上的宫崎寅藏相遇，于是同往上海。约在此时，有七律一首《赠宫崎寅藏》："独立苍茫自咏诗，江湖侠气有谁知？千金结客浑闲事，一笑相逢在此时。浪把文章震流俗，果然意气是男儿。关山满目斜阳暮，匹马秋风何所之。"此诗盛赞这位日本朋友的洒脱豪侠，独标高格。

其赞语，也正是诗人的自我写照。其中首句"独立苍茫自咏诗"出自杜甫《乐游园歌》。

《回湘感怀》："卅九年知四十非，大风歌好不如归。惊人事业随流水，爱我园林想落晖。入夜鱼龙都寂寂，故山猿鹤正依依。苍茫独立无端感，时有清风振我衣。"1912年4月，中华民国临时政府北迁，黄兴任南京留守，6月辞职，10月25日从上海乘舰返回湖南，适逢39岁（虚岁）生日，大江夜航，感而有赋。其时辛亥革命已经完成，虽是袁氏当权，但共和体制毕竟已经建立，黄兴遂有功成身退、归隐家山之志。抵长沙后，受到家乡数万人欢迎。学生集体高歌："晾秋时节黄花黄，大好英雄返故乡。一手缔造共和国，洞庭衡岳生荣光。"

1913年元旦，《祝湖北〈民国日报〉》："万家箫鼓又喧春，妇孺欢腾楚水滨。伏腊敢忘周正朔，舆尸犹念汉军人。飘零江海千波谲，检点湖山一磊新。试取群言阅兴废，相期牖觉副天民。"民国诞生一年，《民国日报》问世，诗从新春气象入笔，颔联以历史典故，颈联以山川意象，表达对当时诡谲多变的政治形势的忧思，然后点明题旨，道出对创办报纸的期待。牖觉，犹言诱觉，启发民智。《诗经·大雅·板》："天之牖民，如埙如篪。"

黄兴信札

　　1913年3月，宋教仁遇刺，孙中山力主武力征讨袁世凯。7月中旬，黄兴到南京就任江苏讨袁军总司令，旋即失利，离宁赴沪。"贸然一走，三军无主"，讨袁战争迅速溃败，黄兴当时颇受责难。26日，黄兴发表声明："我如奋斗到底，将使大好河山遭受破坏，即获胜利，全国亦将糜烂，且有被列强瓜分之虞。"8月，作《吴淞退赴金陵口号》二首："东南半壁锁吴中，顿失咽喉罪在躬。不道兵粮资敌国，直将斧钺假奸雄。党人此后无完卵，民贼从兹益恣凶。正义未伸输一死，江流石转恨无穷。""诛奸未竟耻为俘，卷土重来共守孤。岂意天心非战罪，奈何兵败见城屠。妖氛煽焰怜焦土，小丑跳梁拥独夫。自古金陵多浩劫，雨花台上好头颅。"抒发其回天无力的愧疚和悲愤，仰天长叹之余，直欲一死以谢天下。

二次革命失败，孙、黄再度流亡日本。1914年，孙中山组建中华革命党，而黄兴因意见不合，离开日本转往美国，途中作《太平洋舟中诗》："口吞三峡水，足蹈万方云。茫茫天地阔，何处着吾身？"人生的苍凉感和对国运的忧患感跃然纸上。其前两句系袭用《清稗类钞》所录前清一位落魄者的题壁诗，大抵是借他人卮酒，浇自家块垒。原诗为："不信乾坤大，超然世莫群。口吞三峡水，脚踏万方云。"

1916年5月，黄兴由美洲乘船返国，途中口占一绝："太平洋上一孤舟，饱载民权和自由。愧我旅中无长物，好风吹送返神州。"其时正值袁世凯83天皇帝梦破灭，民国得以恢复，黄兴从大洋彼岸归来，满载民权思想和自由主义，有几分自信，也有几分茫然。可惜就在这一年，黄兴英年早逝，其孤舟载回的民权和自由思想，也宿命般地与这个古老的国度乍即还离，渐行渐远。

黄兴少时饱读诗书，满腹才情，虽投笔从戎，献身暴力革命，无暇吟业，所作散佚者亦不在少数，但其存世者仍足见儒雅本色，天纵风华。其最后10年的诗词作品，简直就是其革命生涯的一部编年史，且艺术品位甚高，即与古今大诗人同列，亦不遑多让。

拓展阅读 TUOZHAN YUEDU

在黄兴诗词的某些辑本里，有几首题为黄兴书赠友人的诗，其实并非黄兴所作。如《为蒋作宾书扇面》：“谁教失脚下渔矶，心迹年年处处违。雅集图中衣帽改，党人碑里姓名非。苟全始信谭何易，饿死今知事最微。醒便行吟埋亦可，无惭尺布裹头归。”此乃明朝遗民、反清志士吕留良所作。《书赠山田君》：“岂是前身释道安，遇人不着鹿皮冠，接篱漉酒科头坐，只作先生醉里看。”这是清初吴梅村题《归玄恭僧服小像》四首之一。归玄恭，即归庄，武装抗清失败后一度亡命为僧。而《为覃振书条幅》：“西风肯结万山缘，吹破浓云作冷烟。匹马寻径黄叶寺，雨晴稻熟早秋天”，则出自清人郑板桥之手。书者乃是借前人诗句寄自家情怀。

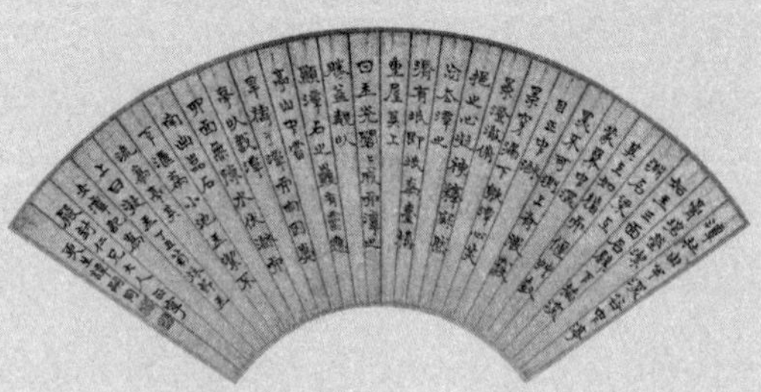

赞黄兴诗：《王臣八章》（之八）

凄飙欲至墨云低，赖有风师健把犁。

怜子精神全胜马，有君肝胆或如鸡。

元戎业致胡天竭，魁首功从粤海迷。

荒冢至今栖岳麓，游人偶至听莺啼。

要憑鐵宵迴風氣

直躬更覺世途鶼

黄兴

黄兴的逸闻趣事

从"文似东坡，字工北魏"的少年，到"院中都知先生为主张革命者"

1893年，黄兴离家到长沙城南书院读书。当时，书院已经迁到今天城南路的第一师范（校舍在清末已不复存在）。今天再说到这里，已经被更新的历史覆盖——作为毛泽东曾经就读的地方，它还出现在电视剧《恰同学少年》中，以证明这里意气风发的青年之气。

城南书院被称为昔贤"过化之地"，黄兴在这里打的也还是国学底子。只是家中有"不出仕清朝"的祖训，按他自己的理解，读书是为求"真知识"。

黄兴长子黄一欧在《回忆先君克强先生》中，记录过黄兴应县考的事情。"（姑父胡雨田和同村刘石介）凑巧都被分配在同一个字号，当时应试要做八股文，黎明前进场，即日交卷，不许续烛"。黄兴写了一篇觉得不好，被刘介石要去抄了；第二篇仍然不满意，被胡雨田要去抄了。最后发榜时，却只有胡、刘榜上有名。黄兴不服气，拿着三篇文章去找祖父，被祖父首肯了第三篇最好才服气。可见，科举在黄兴的心目中并不高高在上，第二年他再次应考，只是为不违母命而已。

1901 年，卖掉祖屋搬到长沙城内一条宽不过 3 米的小巷时，黄兴已有过帮助"自立军"起事并失败的经历，正准备加入日后堪称"投入辛亥革命人数最多的学校"明德学堂。当时的黄兴，已是"北四寇""中的一员。与之对应的广东"南四寇"，其中一员，正是他日后的同盟者孙中山。

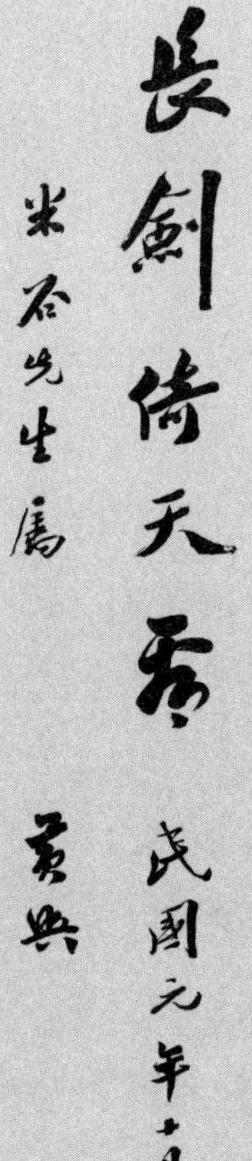

长剑倚天者

米谷先生属

黄兴

民国元年十月

黄兴书法

黄兴及其革命党人

1898年，黄兴以"诸生"（明清时期经考试录取而进入府、州、县各级学校的生员）身份考入湘水校经堂（位置在湘春门外）。这位入校时就被称为"文似东坡，字工北魏"的少年，之后再次经张之洞面试，入读武昌两湖学院。那时的黄兴，"反满思想浓郁，交往无所顾及"，在同学印象中，已是"院中都知先生为主张革命者"。

黄兴故居的墙上如今挂着一幅油画，描绘他在武汉两湖书院演讲中散发邹容的《革命军》、陈天华的《猛回头》书籍的情景。当局悬牌驱逐他出境，他"流连8日……始登江轮回湘"。此等潇洒，只有后来在"五·四"运动中，站在高台扬手散发传单的陈独秀可比。

此后，黄兴从长沙到武昌，再去日本。再次回乡，他已经是一位热情的革命者。

从紫东园到明德，每天步行几分钟到学校教书、宣传革命的日子

长沙城北紫东园，就在今天的北正街，两边的街巷名称用字古朴，像是隐藏着时光秘密。街面上是粉店、小吃店、塑胶制品店，囊括着烟火生活的方方面面。紫东园的名字，就镶在一个窄小巷道的入口处。1901年，在这里，自长沙县迁居来的一户人家，改写了中国的历史。

当时的紫东园是什么样子，《黄兴与紫东园》一文有过考证，"在西园口的斜对面，它的东出口是民主后街。这条小巷宽不过3米，长约200米，只有13个门牌号码。公馆门庐，进去是三开间的两层木结构楼房"。

1901年，黄兴卖掉凉塘近两百亩的祖遗田产，一家人搬到了长沙城北紫东园。此前，他已经联络好了明德学堂（湘春路，今明德中学，离紫东园很近）的校长胡元倓，来学校担任历史博物和体育教员。

每天步行几分钟到学校教书、宣传革命的日子，直到1904年华兴会要起义的风声被官府察觉，黄兴出

走上海，全家迁离此处之时才结束。

明德成为黄兴最大的革命宣传阵地。此前，他已经经历了日本留学、拒俄运动、两湖书院演讲等重大事件。这时的黄兴，"已经剪了辫子，在学堂多穿浅紫色长褂或一种对襟短装体操服，夏白，春秋蓝，冬青涩，天气炎热时，光着赤膊坐在周氏花园塘边树荫下，和同事谈天或者独自看书"。黄兴的同事中，有后来成为传奇人物的国文教员苏曼珠，有为起义秘密制造炸弹的理化教员。

后来有统计说，明德师生投身辛亥革命的人数，堪称全国学校之首。

"愧死天下后世之拥兵自卫者"

当时不少人认为，黄兴身为南京留守，统辖南方各军，以声势而言，几乎是三分天下有其二，从实权论，也掌握了数十万军队，可以和北洋军阀抗衡。曾出任南京临时政府内务次长的居正回忆说："故在同盟会骨子里，总统虽退，而有留守保持此势力，假以时日，整理就绪，则袁氏虽狡，终有所忌惮，而不敢别有异图。"《泰晤士报》驻南京记者福来萨说"黄兴的地位相当于一身而兼六个总督"、"统治着大约四分之一的中国"。1912年5月10日，莫理循写给温秉忠的

壽比山科尤厚　孫文 黄兴

天下掃心　张廷之　黄兴之

信中赞誉黄兴："我越理解黄兴将军，也就越钦佩他的高度才能和决心。"

5月13日，黄兴致电袁世凯请求撤消南京留守。同盟会内部对此颇有不以为然者，谭人凤就赶赴南京，并当面劝告："阁员去职后，所恃以保障共和者，君一人而已。何忍放弃责任，博功成身退之虚名？"5月27日，蔡锷读到黄兴要求辞职引退的通电后，致电袁世凯及各省都督，认为"破坏易，收拾难，建设尤难"，劝说黄兴"功尚未成，身何能退！"黄兴一概不为所动。

5月31日，袁世凯发布命令，准黄兴辞职。6月14日，黄兴在交代完毕之后，发表解职通电、告将士书及解职布告，悄然离开南京。他的辞职，固然有财政困难等客观原因，但袁世凯的表面挽留，实故意陷黄兴于不得不求去之地。当然，只要黄兴有一丝拥兵自重之心，他也是完全可以把持这个权位的。章士钊在当月18日的《民立报》发表社评《论黄留守》，给予极高的评价：

> 黄兴本一书生，以战术绝人誉之，此诚阿附之言；然其能以死报国，义勇盖天下，则神人之所共信。黄兴本一武夫（此与书生之谊并行不悖），于政情法理，研求或不深；至迩时所发政见，诚不必尽餍人意，即记者持论，亦恒有立于反对之地位者；至其心地之光明磊落，其不失为一明道之君子，记者梦寐之间，未或疑之。

黄兴以其威望将云集南京的大部分军队或遣返或解散，自解兵符，诚如史家李剑农所言，"后来的新旧军阀，再不能有此举动"。居正也说，读了黄兴自请辞职及告军界书，可以看出他的"苦心孤诣，高风亮节"，"愧死天下后世之拥兵自卫者，不诚高人一等哉！"1912年7月1日，黄兴在写给郑占南（美洲的同盟会员）信中只是淡淡地说："前之辞总长，今之辞

留守，实为调和南北、破除猜疑起见，并非畏难而卸
责也。"

十八星旗

十八星旗，全称铁血十八星旗，又称铁血
旗、九角旗、九角十八星旗，是武昌起义后，
中华民国湖北军政府宣告成立时的旗帜。

十八星旗原是湖北革命团体共进会的会旗。
1907年8月间，焦达峰、刘公、孙武等一批在日
本的同盟会会员，筹组湖北共进会，任务是谋划
准备在长江中游的反清武装起义，议定以十八星
旗为会旗。

1911年9月，在同盟会推动下策划武昌起
义。两个革命组织文学社和共进会召开联席会
议，组成领导起义的总指挥部，定十八星旗为
旗帜。武昌起义在1911年10月10日晚7时左右
爆发，起义军成功占领武昌全城。

辛亥革命急先锋 xin hai ge ming ji xian feng
——资产阶级革命家黄兴

拓展阅读
TUOZHAN
YUEDU

10月11日，中华民国军政府鄂军都督府（俗称湖北军政府）宣告成立，十八星旗为其旗帜。

1912年1月10日，中华民国临时参议院通过专门决议，以五族共和旗（简称五色旗）为国旗，以十八星旗为陆军旗，海军旗则是一种以十八星旗为基调的旗帜。

不过，北洋政府很快就停止使用十八星旗，以五色旗为陆军旗，以青天白日红旗为海军旗。

1928年12月17日，国民政府立法通过青天白日红旗为其正式国旗，颁行全国使用，全面取代五色旗和十八星旗。

不要勋位、委任状，要两四马

1912年9月7日，袁世凯授黄兴为陆军上将。9月12日，他致函袁世凯辞谢。9月15日，再次致函袁世凯辞谢。当年"双十"节，袁世凯又授予孙中山、黄兴等七人大勋位，黄兴当即复电谢绝。随后袁世凯派人将陆军上将的委任状与勋章、授勋令一起送到上海，还送来了几件礼物和两匹英国种的枣骝玉点马。黄兴的儿子黄一欧回忆说："先君严肃地对我说：'这有什么用，你知道吗？这是袁世凯的笼络手段，可是我不会上当的。'接着又说：'这些东西都要退回，把马留下来。'我问先君：'为什么要留马？'他说：'因为将来还要我打仗的。'他随即将特任状、授勋令、勋章及所有礼物都退回去了，只留下两匹马。"也就是这个月25日，黄兴归乡途中，在长江上写下了"大风歌好不如归"、"惊人事业随流水"这样的诗句（1916年双十节前夕，黎元洪又一次给黄兴授勋，他也坚决拒绝了）。

1916年7月，袁世凯已死，政局发生变化，黄兴故乡的湖南省议会和各界会商，要公推他为湖南都督，由护国军湖南总司令程潜领衔，一面通电请黎元洪、段祺瑞任命，一面请黄兴回乡。他坚决拒绝，并推荐蔡锷为都督。当年10月31日，42岁的黄兴溘然病逝。

辛亥革命博物馆

辛亥革命博物馆，是依托中华民国军政府鄂军都督府旧址（武昌起义军政府旧址）而建立的纪念性博物馆。位于湖北省武汉市武昌阅马厂，西邻黄鹤楼，北倚蛇山，南面首义广场。旧址占地面积18000多平方米，建筑面积近10000平方米。因其旧址红墙红瓦，武汉人称之为红楼。

红楼原为清朝政府设立的湖北咨议局局址，于1910年（清宣统二年）建成。1911年（农历辛亥年）10月10日，在孙中山民主革命思想的旗帜下集结起来的湖北革命党人，蓄势既

久，为天下先，勇敢地打响了辛亥革命的"第一枪"，并一举光复武昌。次日，在此组建中华民国军政府鄂军都督府，推举湖北新军协统黎元洪为都督，宣告废除清朝宣统年号，建立中华民国。随即，辛亥革命领袖之一黄兴赶赴武昌，出任革命军战时总司令，领导了英勇悲壮的抗击南下清军的阳夏保卫战。武昌义声赢得全国响应，260余年的清朝统治顿时瓦解，2000多年的封建帝制随之终结。武昌因此被誉为"首义之区"，红楼则被尊崇为"民国之门"。

红楼于1961年以"武昌起义军政府旧址"的名义经国务院公布为首批全国重点文物保护单位。1981年10月，依托红楼建立辛亥革命武昌起义纪念馆，由国家名誉主席宋庆龄题写馆名。经过20余年的建设和发展，这里已然并正在向辛亥革命的纪念中心及其史迹文物资料的保护收藏中心、陈列展览中心和科学研究中心的目标迈进，并已先后被命名为"全国青少年教育基地"、"全国百个爱国主义教育示范基

地"、"中国侨联爱国主义教育基地"和国家AAAA级旅游景区。

　　馆内现有两个主题性的基本陈列：一是《鄂军都督府旧址复原陈列》，一是《辛亥革命武昌起义史迹陈列》。前者以旧址主楼为载体，复原和再现了都督府成立初期的场景与风貌；后者布置于旧址西配楼，以近400件展品，包括文物真迹、历史图片、美术作品以及图表、模型和场景等，全景式地展现了辛亥革命武昌起义恢弘壮阔的历史。

辛亥革命

中华魂·百部爱国故事丛书
提　要

《誓与禁烟相始终——民族英雄林则徐》

　　林则徐严禁鸦片，坚决抵抗西方列强的侵略，坚持维护国家主权和民族利益。他是中国近代历史上第一位睁眼看世界的人，是抗击帝国主义殖民侵略的第一人，是中华民族抵御外侮过程中伟大的民族英雄。

《血洒虎门御敌寇——抗英将军关天培》

　　民族英雄关天培，在第一次鸦片战争中为了抗击英国侵略者的入侵而血洒虎门，为国捐躯，谱写了一曲可歌可泣的英雄赞歌。关天培用他的生命，书写了中国人民反抗外侮的历史。

《威震镇海靖节魂——抗敌英雄裕谦》

　　在第一次鸦片战争期间的众多牺牲者中，有一位官阶最高，他就是两江总督裕谦。裕谦与外国侵略者斗争立场坚定，与国内妥协派、投降派斗争态度坚决。裕谦督战镇海，与英国侵略军浴血奋战，临危不惧，以身报国，浩气长存。

《斩邪留正解民悬——太平天国领袖洪秀全》

　　农民出身的洪秀全，从失意文人到起义领袖，经历了长期的思想演变过程，在外敌入侵、清廷腐朽的历史环境之下，顺应时代的潮流，成长为一位非凡的历史英雄人物，建立了与清朝政府相抗衡的农民政权——太平天国。

111

　　辛亥革命急先锋 xin hai ge ming ji xian feng

——资产阶级革命家黄兴

《仰承汉唐　荟萃中外——近代数学家李善兰》

李善兰是我国19世纪重要的科学家之一，在数学、天文学、力学等方面都有重大建树。他继承了我国古代数学的成就，又以极大的热情传播西方科学文化，"仰承汉唐，荟萃中外"，把自己的一生献给了科学事业。

《严谨治学　勇于探索——近代著名数学家华蘅芳》

华蘅芳，中国近代数学家之一。其精通中国古算学，并熟练掌握西方近代数学，是中国验证抛物线并著书立说的参与者。为了证明"外国有的，中国也能造"而鞠躬尽瘁，在引进西方科学技术、传播科学知识上贡献卓著。

《折冲樽俎护山河——近代著名外交家曾纪泽》

曾纪泽是中国近代史上著名的爱国外交家，在中俄伊犁交涉事件中，他秉承抵抗列强、保卫国家的坚定意志，利用外交手段全力同沙俄抗争，捍卫了国家主权、民族尊严，收回了祖国的领土，在近代中国外交史上留下了光辉的一页。

《甲午海战留英名——民族英雄邓世昌》

邓世昌，北洋水师名将。本书以邓世昌的成长过程为线索，以代表性的历史故事为主要内容，还原真实的历史事件，突出鲜明的人物性格。邓世昌因在中日甲午海战中突出的英雄气概而名垂史册，书写了伟大的爱国主义篇章。

《誓与舰队共存亡——北洋水师提督丁汝昌》

丁汝昌处在清政府的腐朽和李鸿章的专断下，难以施展爱国的抱负，壮志未酬，愤恨而终。但丁汝昌为建立近代海军作出的巨大贡献，带领北洋舰队爱国官兵勇抗强敌的英雄事迹，将永远为后代所传颂。

《镇南关上凯歌扬——抗法老英雄冯子材》

1885年中法战争中，年逾古稀的冯子材为抵御外国侵略，勇赴国难，大败法军于镇南关，并乘胜追击，接连收复文渊、谅山等地，从根本上扭转了中法战争的局面，成为近代民族英雄的杰出代表。

《屡败法军逞英豪——黑旗军将领刘永福》

刘永福是黑旗军的创建者，是农民出身的杰出军事家、政治活动家。在19世纪发生的援越抗法、中法战争中，他率部与帝国主义侵略者进行了殊死的战斗，建立了卓越的功勋，成为我国近代史上著名的民族英雄，为后世所景仰。

《矢志变法强国家——戊戌变法领袖康有为》

康有为是清末民初最有影响力的思想家之一。他领导了中国知识界的启蒙运动，掀起了一场自上而下的政体改革。他最早在中国提出了立宪政体和具体的宪政方案，主张在坚持儒家传统和帝制的前提下，学习西方经验，他的进步思想对近代中国具有深远的影响。

《开民智以报国　普新知而图强——戊戌变法思想家梁启超》

梁启超，中国近代史上著名的政治活动家、启蒙思想家、史学家、文学家，戊戌变法领袖之一。本书以百日维新思想家梁启超的成长过程为线索，以代表性的历史故事为主要内容，还原真实的历史事件，突出鲜明的人物性格。

《我自横刀向天笑——维新志士谭嗣同》

谭嗣同在民族危机的严重时刻，投身改革救中国的洪流。为了带给祖国一个光明的未来，紧要关头，他挺身而出，用自己的鲜血激励后人，把宝贵的生命献给了变法事业。

《睡乡敢遣警世钟——用生命警策国人的陈天华》

陈天华是民主革命的活动家和宣传家。他写的《猛回头》、《警世钟》等书，起到了革命启蒙的重大作用。为了激发留日学生的爱国情怀，他不惜投海自杀，演出了近代史上感人至深的一幕，给后人留下了难忘的印象。

《革命军中马前卒——民主斗士邹容》

革命乃"至尊极高，独一无二，伟大绝伦之一目的"；它是"天演之公例，世界之公理，顺乎天而应乎人"的伟大行动。因此，必须"仗义群兴革命军"。他激情高呼："革命独子万岁！中华共和国万岁！"这就是《革命军》的作者，中国近代著名资产阶级革命宣传家邹容。

辛亥革命急先锋 xin hai ge ming ji xian feng

——资产阶级革命家黄兴

《休言女子非英物——鉴湖女侠秋瑾》

为民族解放和妇女解放而英勇斗争的秋瑾,冲破封建礼教的思想牢笼,打碎封建精神枷锁,崇仰真理,追求光明,主张共和,坚持男女平等,最终献出了自己年轻的生命。

《血溅校场 杀身成仁——民主斗士徐锡麟》

本书讲述了反清志士徐锡麟弃文从武、投身反清革命事业,最终被清政府杀害的故事。出于对国家的热爱,徐锡麟献出自己的生命,他的事迹将永远激励后人深切缅怀这位民主革命的先驱。

《生可死耳 我志长存——献身民主的禹之谟》

禹之谟,民主革命党人,同盟会会员,近代资产阶级革命家、实业家。1886年,20岁的禹之谟"提三尺剑,挟一卷书"游历四方,研究西方社会政治学说,爱国忧民之心日趋强烈。戊戌变法失败,他丢掉改良幻想,倡革命救亡之说,走上民主革命道路。

《物竞天择 适者生存——资产阶级启蒙思想家严复》

严复是中国近代著名的启蒙思想家、翻译家和教育家。他长期从事教育和翻译事业,为近代中国人才培养和思想启蒙作出了重要贡献,同时他也为中国的翻译事业和中西思想文化交流作出了重要贡献。

《辛亥革命急先锋——资产阶级革命家黄兴》

黄兴,清末民初资产阶级革命家,中华民国开国元勋。黄兴在武昌首义及辛亥革命时期的爱国表现,与孙中山闻名于当时,常被时人以"孙黄"并称。本书以资产阶级革命活动实干家黄兴的成长过程为线索,歌颂了先辈伟大的爱国主义精神。

《为宪法流血的第一人——民主斗士宋教仁》

宋教仁是中国近代史上著名的资产阶级革命家。他怀着对祖国的无限热爱,为在中国建立民主共和制度,实现中国的独立富强而奋斗不息,直至被刺身亡。在推翻清朝腐败统治,结束延续几千年封建君主专制,缔造民主共和国方面,立下了不朽功勋。

《矢志革命　百折不回——近代民主革命家廖仲恺》

廖仲恺追随孙中山踏上了创立民国与捍卫共和制的旧民主主义革命之路；在新民主主义革命时期，他为建立、巩固首次国共合作和实施三大政策，英勇奋斗，为国殉职，洒尽了一腔热血。

《将军拔剑南天起——护国英雄蔡锷》

蔡锷是中国近代史上的杰出军事家、爱国者。他的一生短暂而伟大。辛亥革命爆发，他毅然投身于革命洪流之中，领导云南重九起义，对武昌起义积极响应。袁世凯窃国复辟、恢复帝制的阴谋暴露出来以后，他又毅然举起了武装讨袁的旗帜。

《反帝反封建运动——五四青年的爱国故事》

"五四运动"是一次伟大的反帝反封建的爱国运动；是一个伟大的历史转折点；是中国人民的斗争从挫折走向胜利的一个关节点，它为中国的前进开辟了一条全新的道路，拉开了中国新民主主义革命的序幕。

《思想自由　兼容并包——著名教育家蔡元培》

蔡元培是中国近现代著名的民主革命家和教育家，一生经历风雨，却始终信守爱国和民主的政治理念，致力于废除封建主义的教育制度，奠定了我国新式教育制度的基础，为我国教育、文化、科学事业的发展作出了富有开创性的贡献。

《为国家争光　为民族争气——中国铁路之父詹天佑》

詹天佑是我国最早的杰出铁道工程师，因主持建造京张铁路而闻名中外，被誉为"中国铁路之父"。他为祖国的铁路事业贡献了毕生的精力。本书向读者展示了詹天佑热爱祖国、科技兴国的辉煌人生。

《实业救国　衣被天下——轻工之父张謇》

张謇是爱国实业家、教育家。他年轻时中过状元。过了40岁，开始投身工商实业活动中，他的名言是"富民强国之本在于工"。在南通，创办大生丝厂、银行等各种实业。并将创办实业的大部分所得投入教育。他的观点是，教育和实业一样，也是"富强之大本"。

《心向革命　追求光明——平民将军冯玉祥》

　　冯玉祥将军"是一位从旧军人转变而成的坚定的民主主义战士"。抗日战争期间，他辗转各地，用实际行动积极抗战。日本战败投降后，他为了断绝美国的援蒋内战，又在美国四处演说，揭露蒋介石统治之黑暗，痛斥美国阴谋分裂中国的不良行为。

《刑场上的婚礼——革命烈士周文雍　陈铁军》

　　周文雍是广州起义的主要领导人之一。陈铁军出身于华侨商人家庭，却毅然投身革命洪流。1928年1月，两人接受派遣，回到广州假扮夫妻从事革命斗争，却不幸被捕。临刑前，两位烈士将敌人的枪声当做自己婚礼的礼炮，用生命和爱情谱写出一曲千古绝唱。

《星星之火　可以燎原——井冈山斗争的故事》

　　1927-1929年，毛泽东、朱德等老一辈革命家，在井冈山创建了农村革命根据地，进行了艰苦卓绝的斗争，建立了新型革命武装，点燃了工农武装革命之火，找到了农村包围城市最后夺取政权的中国革命的正确道路。

《新民学会的主要发起人——中国共产党早期革命家蔡和森》

　　蔡和森青年时期曾与毛泽东等人一起组织进步团体新民学会，参加五四运动，并在赴法国勤工俭学时研读大量马克思主义著作，回国后以满腔热忱投身革命事业，成为中国共产党早期重要的理论家和宣传家。

《威震黄浦江畔　高奏抗日壮歌———·二八淞沪抗战》

　　面对日本侵略者的挑衅，十九路军在蒋光鼐、蔡廷锴的带领下，高举义旗，奋力一搏。一·二八淞沪抗战，是中国军人捍卫军人荣誉和祖国尊严所发出的吼声，谱写了一曲抗击日军侵略的英雄壮歌。

《将军恨不抗日死——慷慨就义的吉鸿昌》

　　在国难深重的20世纪30年代，吉鸿昌将军因拒绝执行国民党指示，坚决不打内战，被迫携眷出国"考察"。回国后，他加入中国共产党，组织了民众抗日同盟军，英勇打击日本侵略者，后于1934年11月被国民党反动派杀害。

《献身革命　甘于清贫——梅岭忠魂方志敏》

　　大革命失败后，方志敏凭着两条半步枪起家，身经百战，创建了赣东北革命根据地和红十军。本书真实记录了方志敏投身革命、领导红军和敌人进行艰苦卓绝斗争的经历，歌颂了烈士贫贱不移、威武不屈、献身革命的高尚品质。

《奏响中华最强音——人民音乐家聂耳》

　　聂耳在他有限的生命中创作了数十首革命歌曲，在抗日救亡运动中，聂耳的这些歌曲产生了广泛深远的影响。他的音乐创作为中国无产阶级革命音乐的发展明确了方向，树立了榜样。

《横眉冷对千夫指——中国文化革命主将鲁迅》

　　鲁迅不但是伟大的文学家，而且是伟大的思想家和伟大的革命家。在那风雨如晦的黑暗年代里，他以笔为投枪，同一切帝国主义和反动派进行了顽强的战斗，为中国人民树立了一个不朽的丰碑。他是新文化战线上的一面光辉旗帜，是我们伟大民族的灵魂。

《碧血染将天地红——抗日女英雄赵一曼》

　　五四时期，赵一曼接受了进步思想，背叛了自己的家庭，反抗封建礼教，谋求妇女解放，走上了争取人民解放的道路。赵一曼在东北地区积极投身抗日斗争。在一次战斗中，她不幸被捕，受尽酷刑，大义凛然，视死如归。

《铁流两万五千里——红军长征的故事》

　　红军长征是人类历史上的一次伟大的壮举。第五次反"围剿"失败后，中国工农红军的三大主力在极端艰难的条件下，突破国民党军队的围追堵截，进行了史无前例的战略大转移，总行程达两万五千里以上。途中发生了许多动人故事，至今令人难以忘怀。

《荣辱不移革命志——创建陕北红军的刘志丹》

　　刘志丹是杰出的无产阶级革命家、军事家，西北红军和西北革命根据地的主要创始人之一。他一生热爱人民，追求真理，英勇善战，百折不挠，艰苦奋斗，忠心赤胆，为创建红军和革命根据地、为中国人民的解放事业建立了不可磨灭的功勋。

《英名永存北平城——爱国将领佟麟阁　赵登禹》

1937年7月28日，日军向北平郊区发动进攻。第二十九军副军长佟麟阁奉命在南苑率部与日军苦战，腿部受伤，头部又被敌机炸伤，壮烈殉国。第一三二师师长赵登禹指挥部队顽强抵抗日军，右臂中弹负伤，仍继续作战。后在转移途中遭日军截击而牺牲。

《八百壮士　四行仓库铸军魂——谢晋元和他的战友们》

"八一三抗战"，中国军人以血肉之躯揭开全面抗战的帷幕。这是一场血战，是中国军人不屈不挠的英雄诗篇，其中的八百壮士守四行，成为这首英雄颂歌中最动人、最凄美的音符。一曲四行保卫战，铸就了不屈的军魂。

《八女投江　气贯长虹——八位抗联女战士》

抗日战争时期，以冷云为首的东北抗日联军8名女战士，为捍卫民族尊严，面对凶残的日寇，镇定自若，宁死不屈，投江殉国，表现了中华民族同敌人血战到底的英雄气概。她们的光辉形象，激励着千千万万的后来人。

《艰苦抗战　威震敌胆——著名抗日英雄杨靖宇》

杨靖宇将军是我国著名的抗日民族英雄。曾先后担任磐石游击队政治委员、东北抗日联军第一军军长兼政委、抗日联军总司令等职。领导军民对日寇坚持了长达9个年头的艰苦卓绝的斗争，最终以身殉国。

《死也不当亡国奴——镜泊抗日英雄陈翰章》

陈翰章，从1932年8月投笔从戎，直到1940年12月8日为抗击日本侵略者，战死在镜泊湖畔。他在抗日疆场上奋战了9年，他那可歌可泣的英雄事迹将为人们永世传颂。

《名将殉国　气壮山河——抗日将军张自忠》

著名抗日将领、民族英雄张自忠，生于忧患的时代，抱有"宁为百夫长，胜作一书生"的志向，经历过失败与低谷，最终成就了慷慨人生。本书主要以人物活动为主，勾画出一个真正的"民族魂"鲜活的人生，会带给读者振奋的力量。

《宁死不辱战士名——狼牙山五壮士》

1941年日寇在河北易县扫荡。为掩护群众和主力部队撤退，五位八路军战士毅然把敌人引上了狼牙山棋盘坨峰顶绝路。弹尽粮绝、无路可退，五位英雄纵身跳下了万丈悬崖，用生命和鲜血谱写出一曲惊天地泣鬼神的壮举。

《太行浩气传千古——抗日名将左权》

左权，中国工农红军和八路军高级指挥员，著名军事家。是八路军在抗日战场上牺牲的最高指挥员。名将阵亡，太行山为之垂首，全党为之悲痛。周恩来称他"足以为党之模范"，朱德赞誉他是"中国军事界不可多得的人才"。

《虎将兴关外 抗倭统雄师——抗联英雄赵尚志》

本书描写了久经考验的共产党员、东北抗联的创建者和主要领导人赵尚志，在艰苦卓绝的条件下，坚持抗战，威震敌胆，战功卓著，忍辱负重，忠贞不屈，为国捐躯的英雄故事，为青少年读者呈上一部爱国主义的佳作。

《黄埔之英 民族之雄——抗日名将戴安澜》

抗日名将戴安澜，先后参加保定、漕河、台儿庄、武汉、昆仑关等战役，作战英勇，屡建奇功；入缅作战，"扬威国外，藉伸正义"；守东瓜，复棠吉；殒身缅北，遗恨丛林，马革裹尸，成就了光辉的一生。

《爱国志士 民主先锋——新闻出版家邹韬奋》

本书讲述了邹韬奋献身新闻出版事业的奋斗历程，展现了一位新闻工作者坚定的革命信念和炽热的爱国主义精神，全心全意为人民服务、为读者服务的奉献精神，歌颂了他的高尚情操和优良品质。

《为抗战发出怒吼——人民音乐家冼星海》

人民音乐家冼星海，青年时期在巴黎求学，饱尝屈辱与磨难；学成后毅然回到多灾多难的祖国，用满腔热忱谱写激昂的音乐，鼓舞中华儿女的斗志；奔赴延安，谱写出不朽的名作《黄河大合唱》，发出中华民族抗日救亡的怒吼。

《全民皆兵 抗击日寇——抗日战争的故事》

中国人民进行的8年抗战，是一百多年来中国人民反对外敌入侵第一次取得完全胜利的民族解放战争。这场战争是以国共两党合作为基础，有社会各界、各族人民、各民主党派、抗日团体、社会各阶层爱国人士和海外侨胞广泛参加的全民族抗战。

《捧着一颗心来 不带半根草去——人民教育家陶行知》

陶行知是我国现代教育史上伟大的人民教育家、教育思想家。他从青年起就立志献身教育事业，以"捧着一颗心来，不带半根草去"的赤子之忱，为人民的教育事业鞠躬尽瘁。

《为民主与和平拍案而起——民主斗士闻一多》

闻一多早年与梁实秋等人发起成立清华文学社。赴美留学期间由对祖国的深深眷恋而创作著名的《七子之歌》。后在西南联大任教8年，积极投身于抗日运动和争取民主的斗争，发表了著名的《最后一次讲演》。

《铁窗难锁钢铁心——革命先烈王若飞》

王若飞是我党早期杰出的无产阶级革命家。在艰苦卓绝的斗争中，他出生入死，屡建奇功，以超人的睿智和胆略，在敌人的监狱中，同敌人展开了殊死的较量，为抗战的胜利和新中国的诞生作出了卓越的贡献。

《横扫千军 还我河山——抗联名将李兆麟》

李兆麟是东北抗日联军创建人之一，他率领抗日联军历尽千难万险与日本侵略者浴血奋战，在极其艰苦的条件下，保存了抗日联军的有生力量，为东北光复作出了重大贡献。

《锄头开出新天地——解放区大生产运动》

为了解决困难，渡过难关，党中央号召党政军民齐动手，开展大生产运动。中国共产党在其控制区域内发动的一场军队屯田和鼓励生产的群众运动，达到了自己动手丰衣足食，共渡难关，既进行革命又进行生产自足的目的。

《生的伟大　死的光荣——女英雄刘胡兰》

刘胡兰（1932—1947），坚贞不屈的少年女英雄。生前对我国劳动人民的解放事业无限忠诚，在敌人威胁面前，大义凛然，毫无惧色，英勇牺牲，表现了共产党员的高贵品质。

《饿死不领美国救济粮——爱国知识分子的楷模朱自清》

朱自清作为爱国知识分子的典型，以锐利的笔锋直言痛斥反动政府的暴行，体现了他崇高的爱国情怀和不畏恶势力的精神品格。毛泽东曾给朱自清先生以高度评价："一身重病，宁可饿死，不领美国的'救济粮'"，"表现了我们民族的英雄气概"。

《为了新中国　前进——舍身炸碉堡的董存瑞》

伟大的英雄，中国人民的儿子董存瑞，从儿童团长成长为一名光荣的解放军战士，在1948年解放隆化县城时，舍身炸碉堡，为新中国献出了自己年轻的生命。他的英雄形象永远留在人民心里。

《宁死不屈的共产党员——革命烈士江竹筠》

江竹筠，就是著名的江姐。1947年春，她负责《挺进报》工作，只几个月的时间，报纸就发行到1600多份，引起了敌人的极大恐慌。由于叛徒出卖，江姐不幸被捕，惨遭毒刑的残酷折磨，仍坚贞不屈。最后被特务秘密枪杀，年仅29岁。

《抗美援朝　保家卫国——志愿军的战斗故事》

抗美援朝战争是中国人民志愿军为援助朝鲜人民、保卫祖国安全，与美国为首的"联合国军"发生的战争。在朝鲜牺牲的十几万名志愿军烈士，他们英勇的战斗事迹、保家卫国的精神值得我们发扬光大。

《上甘岭上壮烈歌——黄继光和他的战友们》

在1952年10月的上甘岭战役中，黄继光和他的战友们在零号阵地半山腰被敌机枪火力点压制，此时，黄继光身上已经多处负伤，手雷也已全部用光。为了完成任务，减少战友的伤亡，他用自己的胸膛堵住正在扫射的敌机枪射孔，为反击部队扫清了前进的道路。

《丹青书壮志　一生傲骨存——著名画家徐悲鸿》

在现代中国美术教育史上，徐悲鸿是兼采中西艺术之长的现代绘画大师，前驱式的美术教育家。作为中国现代美术的奠基人，在抗战的日子里，徐悲鸿用自己独特的方式支持了中国革命事业，培养了一大批美术人才。

《诗书印画　全入神品——国画大师齐白石》

齐白石出身贫寒，做过农活，当过木匠，后改学雕花木工，从民间画工入手，摹古人真迹，学诗文书法，融汇古今，而诗、书、印、画俱佳；他将中国画的精神与时代的精神统一得完美无瑕，使中国画得到国际的重视，无愧于"国画大师"的称号。

《毕生为文化而奋斗——中国第一出版家张元济》

张元济参与、主持和督导商务印书馆近六十年，使其从简单的印刷企业转变为当时中国教育出版的旗帜。张元济一生爱书，在中华大地动荡不安的年代里，他用自己对文化的热爱，续存着中华民族灿烂悠久的文明之光。

《独树一帜　梨园大师——著名京剧表演艺术家梅兰芳》

梅兰芳，京剧大师，演唱风格独树一帜，世称"梅派"。曾先后赴日本、美国、苏联演出，并荣获美国波摩那学院和南加州大学的荣誉文学博士学位。作为一位爱国者，抗战期间蓄须明志，拒绝为日本人演出，为后世称颂。

《华侨旗帜　民族光辉——爱国侨领陈嘉庚》

陈嘉庚是著名的爱国华侨领袖、企业家、教育家、慈善家、社会活动家。他为辛亥革命、民族教育、抗日战争、解放战争、新中国的建设作出了卓越的贡献。生前被毛泽东誉为"华侨旗帜、民族光辉"。

《向雷锋同志学习——伟大的共产主义战士雷锋》

雷锋，一个平凡而伟大的共产主义战士，一心向着党，一生秉承着全心全意为人民服务、无私奉献的崇高思想；发扬刻苦学习和钻研理论的"钉子"精神；坚持勤俭节约、艰苦奋斗的优良作风。毛泽东为其题词："向雷锋同志学习"。

《人民的好公仆——县委书记的好榜样焦裕禄》

焦裕禄，被誉为县委书记的好榜样。他用自己的革命精神，展开了与大自然、与社会落后现象、与病魔的多重抗争，让我们领略到一个共产党人的生之伟大、死之壮美的人格品质和具有现实教育意义的精神魅力。

《文学巨匠　京味大师——人民作家老舍》

老舍是我国现代小说家、文学家、戏剧家。他用融入骨髓的真诚文字反映生活的喜怒哀乐。老舍的一生，总是在忘我地工作，他是文艺界当之无愧的"劳动模范"，生前被北京市人民政府授予"人民艺术家"的称号。

《革命老人——无产阶级教育家徐特立》

徐特立是一代伟人毛泽东的老师。他出生在贫苦家庭，大部分时间生活在动荡艰苦的年代；他刻苦勤奋，不畏艰辛，追求光明，一生勤俭，为革命培养了大量的人才；他对党和人民任劳任怨，鞠躬尽瘁。他坎坷奋斗的一生，留下了许多可歌可泣的故事。

《人生能有几回搏——新中国第一个世界冠军容国团》

容国团先后担任中国乒乓球队运动员、女队主教练。获得1959年男子单打世界冠军；1961年夺得男子团体世界冠军；作为中国女队主教练，1965年率女队第一次夺得女子团体世界冠军。他的"人生能有几回搏"的豪言，举国传诵。

《石油工人一声吼　地球也要抖三抖——铁人王进喜》

王进喜，新中国第一批石油钻探工人。他为祖国石油工业的发展和社会主义建设立下了不朽的功勋，在创造了巨大物质财富的同时，还给我们留下了宝贵的精神财富——铁人精神。他被评为"百年中国十大人物"，写入中华民族的光辉史册。

《做人民需要我做的事——著名地质学家李四光》

李四光是一位伟大的科学家，他一生从事地质学研究工作，足迹遍布祖国的山川，为祖国探明了许多地下宝藏；他创建了崭新的学说——地质力学；他历尽重重困难，为正确认识地质构造开辟了一条新路。

《中国化学工业的先驱——著名化学家侯德榜》

为摆脱纯碱需要进口的窘况，20世纪初，怀着"实业救国"梦想的中国化工先驱侯德榜等人创办了永利碱厂，并立志生产出中国人自己的碱。1926年，永利碱厂终于成功地生产出"红三角"牌纯碱，从此中国制碱业得以跨入世界先进行列。

《毕生求是　一丝不苟——著名科学家竺可桢》

著名科学家竺可桢献身科学研究；治学严谨，一丝不苟；一生廉洁，两袖清风；作风民主，爱护学生。他以爱国之心、报国之志，从一个民主主义者逐渐成长为一个共产主义战士。

《热爱自然的大地之子——著名植物学家蔡希陶》

蔡希陶，五十载风雨，五十载坎坷，五十载奋斗，五十载开拓，为了发现对人类生产、生活有用的植物及新物种的引进而作出巨大贡献，在中国的植物资源学史上将永远镌刻着他的名字。

《高洁无私的襟怀——知识分子的楷模蒋筑英》

蒋筑英是中国当代知识分子的先锋典范，他不为名，不为利，尊重科学；他以坚韧的毅力和顽强的作风，在科学的道路上呕心沥血，鞠躬尽瘁，无私地奉献了青春和生命。

《迎接新生命的天使——卓越的妇产科专家林巧稚》

林巧稚是国内外享有盛誉的妇产科专家。在五十多年医学教育和临床实践中，林巧稚亲自接生了五万多婴儿，治愈了数千病人，培养了数以百计的专门人才，为我国的妇女儿童事业作出了不可磨灭的贡献。

《独自成千古　悠然寄一丘——国画大师张大千》

张大千是20世纪中国画坛最具传奇色彩的国画大师，无论是绘画、书法、篆刻、诗词无所不通。在艺术界深得敬仰和追捧，艺术家们用真挚的感情，用绘画和雕塑展现了"张大千"多彩的艺术形象。

《建造中国的通天塔——著名数学家华罗庚》

中国当代著名数学家华罗庚，为中国数学的发展作出了无与伦比的贡献，他是中国解析数论、典型群、矩阵几何等多方面研究的创始人与开拓者，也是我国最早将数学理论研究与生产实践紧密结合的科学家。

《问鼎长天　强我国威——两弹元勋邓稼先》

邓稼先是我国著名科学家，参加组织和领导我国核武器的研究、设计工作，从对原子弹、氢弹原理的突破和试验成功及其武器化，到新的核武器的重大原理突破和研制试验，作出了重大贡献。是我国核武器理论研究工作的奠基者之一，被誉为"两弹元勋"。

《敢叫天堑变通途——桥梁专家茅以升》

中国著名的桥梁专家茅以升从小立志为祖国建造桥梁，经过不懈努力，他不仅设计建造了一座座宏伟壮观、坚固实用的道路桥梁，而且搭建了一座座友谊之桥，为祖国建设作出了卓越贡献。

《蘑菇云之梦——核物理学家钱三强》

被誉为"中国原子弹之父"的核物理学家钱三强，更名后立志于科技报国；24岁投师于世界著名核物理学家居里夫妇；与夫人何泽慧合作，发现铀的"三分裂"、"四分裂"现象；统领我国的原子大军，做了大量创造性工作。

《两离桑梓地　满怀雪域情——领导干部的楷模孔繁森》

孔繁森，是一位一尘不染、两袖清风的好干部。两次进藏工作，历时十载，为西藏的建设、发展和稳定作出了突出的贡献。1994年11月，孔繁森不幸以身殉职。人民群众称他为新时期领导干部的楷模。

《摘取数学皇冠上的明珠——著名数学家陈景润》

陈景润是享誉世界的著名数学家，为了证明"哥德巴赫猜想"，他以惊人的毅力在数学领域里艰苦跋涉，终于攻克了世界著名数学难题"哥德巴赫猜想"中的"$1+2$"，创造了中国乃至世界数学史上的辉煌。

《学术独步　饮誉四海——享有国际威望的科学家卢嘉锡》

卢嘉锡是一位在国际科学界享有崇高威望的物理化学家、化学教育家和科技组织领导者。1945年，卢嘉锡满怀"科学救国"的热忱回到祖国，对中国原子簇化学的发展起了重要推动作用，他所指导的新技术晶体材料科学研究，也取得了重大成绩。

《德艺双馨　梨园楷模——著名豫剧表演艺术家常香玉》

常香玉1941年赴陕甘演出。1948年在西安创办香玉剧社。1951年为支援抗美援朝，率剧社巡回西北、中南、华南各地演出，以演出收入捐献"香玉剧社号"战斗机一架，素有"爱国艺人"之誉。

《文学大师　激流勇进——著名作家巴金》

本书以巴金生平和主要事迹为线索，回顾和展示现代著名作家巴金的一生，以期让人们看到巴金在这风云变幻的100年中，有过成功的欢欣，有过屈辱的磨难，有过痛苦的忏悔，有过平静的安宁。巴金的人生，映照着一代中国"五四"知识分子坎坷而不平凡的命运。

《壮心系科学　孜孜为国昌——理论化学家唐敖庆》

本书讲述了唐敖庆从出国求学、学业有成、回国任教，到服从安排、艰苦工作、刻苦钻研，最终成为中国量子化学奠基者的过程。让人们看到了这位著名化学家的赤心爱国、严谨治学、大公无私的崇高品格和科研上的卓越成就。

《中国导弹之父——著名科学家钱学森》

当第一颗原子弹升空的时候，当中国的人造卫星奏响《东方红》的时候，当中国运载火箭腾空而起的时候，当中国研制的导弹准确命中目标的时候，人们都会联想起他的名字：中国导弹之父钱学森。

《中国近代力学的奠基人——著名科学家钱伟长》

钱伟长曾以中文和历史两个100分的成绩考入清华大学。九一八事变后，钱伟长毅然放弃了文科的学习而转为理科。他是中国近代力学、应用数学的奠基人之一，在固体力学、流体力学以及航空航天领域，取得了卓越的成就，为新中国的现代化建设付出了毕生的精力。

《中国光学科学的奠基人——著名科学家王大珩》

王大珩是我国著名的科学家，中国光学科学的奠基人。他先在清华就读，后赴英国求学，学业有成，立志科学救国，其成就享誉神州。他以科学的求是精神和赤诚的爱国情怀，探索着中国光学发展的闪光之路。

《从苦孩子到大明星——著名舞蹈家陈爱莲》

陈爱莲出生在上海，1952年从孤儿院考入中央戏剧学院附属舞蹈团学习班，1959年因主演了中国第一部芭蕾舞与中国舞蹈相结合的舞剧《鱼美人》而一举成名。如今，陈爱莲从事舞蹈艺术工作已超过半个世纪，却依然"青春常在，功夫不减"。

辛亥革命急先锋 xin hai ge ming ji xian feng

——资产阶级革命家黄兴

中华魂 百部爱国故事丛书
ZHONGHUAHUN